NANCY DREW
LA CHICA DETECTIVE
Sin rastro

Carolyn Keene

NANCY DREW
LA CHICA DETECTIVE
Sin rastro

Traducción de Rosa Borràs

Título original: *Nancy Drew: Girl Detective. Without a Trace.*
Publicado por acuerdo con Aladdin Paperbacks, un sello editorial de Simon
& Schuster Children's Publishing Division, Nueva York.

Publicado originalmente por Aladdin Paperbacks en marzo de 2004.

© Simon & Schuster, Inc., 2004
© de la traducción, Rosa Borràs, 2007
© de esta edición, RBA Libros, S.A., 2007
Santa Perpètua, 10-12. 08012 Barcelona
www.rbalibros.com / rba-libros@rba.es

Primera edición: septiembre 2007.

Realización editorial: Bonalletra Alcompas, S.L.
Diseño de cubierta: Opalworks
Compaginación: David Anglès

Nancy Drew: Girl Detective es una marca registrada de Simon & Schuster Inc.

Ref.: MOSL068
ISBN: 978-84-7871-943-3
Depósito legal: B-36571-2007
Impreso por Novagràfik (Barcelona)

ÍNDICE

—Ah, estás aquí, Nancy —dijo Hannah, secándose las manos en el delantal—. Te acaban de llamar por teléfono. ¡La chica parecía bastante preocupada! Su número está en la libreta.

—Gracias. —Corrí a mirar la libreta que había al lado del teléfono, donde Hannah había apuntado con su pulcra caligrafía el nombre y el teléfono de Simone—. ¡Uy! Es la nueva propietaria de la casa de los Peterson. La hemos conocido esta tarde. ¿Qué querrá?

Suponiendo que sólo había una forma de saberlo, marqué su número. Simone respondió, pero sonaba tan triste que casi no le reconocí la voz.

—¡Nancy! —exclamó cuando me identifiqué—. Cómo me alegro de escucharte. Ya sabes que Pierre y yo aún no conocemos a casi nadie aquí, en River Heights, y no sabía dónde acudir.

—¿Qué ocurre, Simone? —le pregunté ansiosa. El tono preocupado de su voz me decía que algo iba mal... Muy mal.

—Es mi huevo Fabergé —contestó Simone—. ¡He entrado en la salita y he visto que ya no estaba!

I

AMIGOS Y VECINOS

Me llamo Nancy Drew. Mis amigos dicen que siempre me busco problemas, pero no es verdad. En realidad parece que los problemas siempre se las apañan para encontrarme a mí.

Basta con ver lo que me ocurrió la semana pasada. El viernes asistí a una comida del voluntariado y por la tarde, al entrar en casa, escuché gritos:

—... ¡Y si no hacemos algo al respecto, las cosas se pondrán muy feas! —oí decir a una voz enfurecida que retumbaba en el recibidor desierto—. ¡Te lo aseguro!

—Oh, oh —murmuré, inmediatamente en guardia.

No reconocía la voz, pero tengo una especie de sexto sentido para las cosas raras o misteriosas y se activó al instante. El hombre que gritaba parecía alterado, quizá incluso desesperado, algo no muy corriente para una tarde tranquila de verano en la región central del país.

Eché a correr hacia el despacho de mi padre, el lugar del que procedían los gritos. Desde que mi madre murió, cuando yo tenía tres años, papá ha hecho de padre y de madre, y me parece un hombre genial. Además, no soy la única que lo cree. Si preguntáis a cualquier persona de River Heights, nuestra ciudad, quién es el abogado más honrado y respetado de la ciudad, seguro que el primer nombre que os dirán será el de Carson Drew. Su despacho profesional está en el centro, pero a veces recibe clientes en el acogedor despacho con las paredes forradas de paneles de madera que hay en la primera planta de nuestra espaciosa casa colonial.

De puntillas, me acerqué al despacho, me aparté de la cara el pelo, que me llega por los hombros, y apoyé la oreja en la puerta de madera de roble. Supongo que mis amigos dirían que estaba espiando, pero yo prefiero decir que me mantenía informada.

Le tocaba hablar a mi padre:

—Vamos a tomarnos las cosas con calma —propuso en un tono autoritario y tranquilo—. Estoy seguro de que podemos llegar al fondo de la cuestión.

—¡Eso espero! —exclamó el otro hombre en un tono algo más sereno—. Si no, estoy dispuesto a presentar cargos. Esto es una violación de mis derechos como propietario y buen contribuyente.

Intentaba reconocer la voz, que comenzaba a parecerme familiar, y tardé un segundo en oír el sonido de pasos en dirección hacia la puerta. Me incorporé sobresaltada en el momento en que la puerta se abrió de par en par, justo a tiempo para evitar caer de bruces en mitad del despacho.

—¡Nancy! —exclamó mi padre arqueando una ceja al salir del despacho. Era evidente que le había disgustado un poco encontrarme curioseando por el pasillo. Un hombre corpulento y bien vestido salió tras él. Llevaba despeinado el pelo rizado y la frente salpicada de gotas de sudor.

Papá le señaló con un gesto—. Ya conoces a nuestro vecino, Bradley Geffington.

—¡Anda, claro! —exclamé al conseguir situar la voz al fin. Bradley Geffington, además de vivir a un par de manzanas de casa, dirige el banco local en el que están la cuenta de papá y la mía—. Esto... quiero decir que claro que le conozco. Encantada de verle, señor Geffington.

—Hola, Nancy —me saludó Bradley Geffington al tiempo que me daba la mano, aunque todavía parecía distraído y un poco molesto. A continuación miró a mi padre y dijo—: No pienso descansar hasta llegar al fondo de la cuestión. Si Harold Safer está detrás del daño causado a mi propiedad, pagará por ello. Recuerda bien mis palabras.

Parpadeé sorprendida. Harold Safer también vive en nuestro tranquilo vecindario, situado a la orilla del río y surcado por hileras de árboles. También es el dueño de la quesería local. Es un poco excéntrico, pero muy educado y una persona bien considerada.

—Perdone, señor Geffington —intervine—. ¿Qué le ha hecho el señor Safer, si me permite la pregunta?

Bradley Geffington se encogió de hombros.

—Claro que te lo permito. Quiero que lo sepa todo el mundo para que nadie más tenga que pasar por esto. ¡Me ha destrozado los calabacines!

—¿Los calabacines? —repetí. No era lo que esperaba escuchar—. ¿Qué quiere decir?

—Eso, ¿por qué no le cuenta todos los detalles a Nancy? —propuso papá—. Es la detective aficionada de la familia. A lo mejor le puede ayudar a llegar al fondo del asunto y a partir de ahí podemos decidir qué hacemos.

Papá parecía ligeramente divertido. Supongo que para

notarlo había que conocerlo tan bien como yo. Siempre se toma los casos muy en serio porque sabe que sus clientes cuentan con él para que les ayude en sus peores momentos, pero estoy segura de que, después de sus famosos juicios, sus grandes pleitos y sus importantes intervenciones frente a grandes jurados, no esperaba que alguien le pidiera que abriera un caso por unos calabacines.

Por suerte, Bradley Geffington no pareció darse cuenta de nada.

—Sí, he oído que Nancy tiene cierto talento para resolver misterios —comentó mientras me observaba pensativo—. Muy bien, éstos son los hechos. El martes por la tarde yo tenía unos calabacines estupendos en mi huerto. Había cinco plantas. Al menos había media docena de calabacines preciosos y perfectos que estaban casi listos para cosecharlos. Casi los podía saborear a la brasa, con salsa u horneados para hacer pan de calabacín...

Entonces se agarró las manos, hizo chasquear los labios y sacudió la cabeza con pesar.

—¿Qué pasó? —pregunté.

—El miércoles por la mañana me desperté y, como de costumbre, fui a regar el huerto antes de ir a trabajar. Entonces encontré mis calabacines, o lo que quedaba de ellos —contestó, y la voz le tembló ligeramente al recordar la escena—. Parecía que alguien los hubiera machacado a bastonazos. ¡Había pedacitos verdes de calabacín por todas partes!

—Es terrible —dije. Sonaba a acto de vandalismo, pero no se me ocurría por qué razón iba a emprenderla un vándalo con un puñado de calabacines—. ¿Qué le hace pensar que fue el señor Safer?

Bradley Geffington miró al cielo.

—Se ha pasado todo el verano lamentándose y protestando porque mis tomateras le tapaban sus malditas puestas de sol.

Escondí una sonrisa. Además de por la increíble variedad de quesos que se puede encontrar en su tienda, Harold Safer es famoso en la ciudad por sus dos obsesiones: el teatro de Broadway y las puestas de sol. Viaja a Nueva York un par de veces al año y se pasa una o dos semanas asistiendo a todos los espectáculos de Broadway que puede. Además, construyó una terraza enorme sobre el río, en la parte de atrás de su casa, con el único propósito de ver la puesta de sol por encima del risco.

Sin embargo, a Harold Safer también se le conoce porque es amable y sensible. Hasta rescata a los gusanos que van a parar a la acera de delante de su casa cuando llueve. No me lo podía imaginar golpeando nada, y mucho menos el huerto de otra persona.

—Ya veo —dije con mucho tacto—, pero si lo que le molestan son sus tomates, ¿por qué iba a destrozar los calabacines?

—¡Y yo qué sé! —exclamó Bradley Geffington—. Tú eres la detective, así que averígualo. Lo único que sé es que he perdido toda mi cosecha de calabacines y que él es la única persona que puede haberlo hecho —explicó, y seguidamente consultó el reloj—. Me tengo que ir. Casi ha acabado mi hora de la comida y aún tengo que ir a la tienda de plantas a ver si les queda alguna mata de calabacines.

Papá y yo lo acompañamos a la puerta principal. Papá cerró la puerta tras nuestro vecino y me miró:

—¿Te importaría investigar este asunto? Ya sé que es una tontería, pero no me gustaría que una cosa como ésta enfrentara a dos buenos vecinos.

Asentí, consciente de que tenía razón. Por otra parte, si realmente alguien rondaba por el barrio aplastando cosas con un mazo, lo mejor, seguramente, sería descubrir quién era y por qué lo hacía.

—Haré lo que pueda —le prometí—. Bess y George deben de estar a punto de llegar. Íbamos a ir de compras, pero estoy segura de que preferirán ayudarme a investigar el caso.

Como por arte de magia, el timbre sonó, corrí a abrir la puerta y aparecieron mis dos mejores amigas.

Aunque son primas, nunca dejará de sorprenderme lo diferentes que son Bess Marvin y George Fayne. Si buscarais la palabra *niña* en el diccionario, seguro que al lado encontraríais la foto de Bess para ilustrarla. Es guapa, rubia y redondita en las partes adecuadas, tiene hoyuelos en las mejillas y el armario lleno de vestidos floreados y montones de joyas que resaltan sus facciones perfectas. En cambio, George tiene la cara angulosa y aspecto de atleta, y prefiere los tejanos a las joyas. Lleva el pelo moreno muy corto y corrige enseguida a cualquiera que la llame por su nombre real: Georgia.

Papá saludó a mis amigas y volvió al despacho. De camino a la sala de estar, puse a Bess y George rápidamente al corriente del asunto del chafacalabacines.

—Es broma, ¿no? —comentó George con su habitual estilo directo—. ¿Tan desesperada estás por investigar un misterio que vas a investigar éste?

Bess se rió.

—No seas mala, George —la riñó—. La pobre Nancy no se ha topado con ningún ladrón ni ningún secuestrador al que echar el guante en... ¿Cuánto tiempo hace? ¿Un par de semanas? ¿Cómo no va a estar desesperada?

—Vale, vale —dije con una sonrisa—. No es un gran caso, pero quiero averiguar qué está pasando antes de que el asunto cause problemas entre el señor Geffington y el señor Safer. Sería horrible que acabaran yendo a juicio por una tontería como ésta. Algo así podría acabar para siempre con su amistad.

—En eso estoy de acuerdo —admitió Bess.

—Genial. ¿Eso significa que me vais a ayudar?

Bess parecía un poco contrariada porque le encanta ir de compras, pero enseguida sonrió con una expresión juguetona.

—Supongo que sí —respondió.

George asintió.

—Además, ¡a lo mejor, investigar el caso del vándalo de las verduras mantendrá a Nancy alejada de los problemas de verdad! —exclamó con una sonrisa maliciosa.

Unos minutos después, las tres estábamos sentadas en la elegante y cómoda sala de estar de la señora de Cornelius Mahoney, que vive junto a Bradley Geffington. Había dos vecinas más, la señorita Thompson y la señora Zucker. En cuanto nos había visto en el umbral de su puerta, la señora Mahoney había insistido para que nos resguardáramos del calor del sol y tomáramos el té con ellas.

—Aquí tenéis, chicas —comentó la señora Mahoney con su voz fina y aflautada. Los ojos, amables y de color avellana, le brillaban bajo el flequillo gris bien peinado.

Colocó una bandeja de bebidas frente a nosotras y continuó—: Un poco de té helado para un día caluroso. Y servíos galletas, por favor —dijo señalando una enorme fuente de pastas que reposaba sobre la mesita de café de caoba.

—A esto es a lo que yo llamo investigar —me susurró George al tiempo que se inclinaba para servirse unas cuantas galletas. Por muchos dulces que coma, la figura delgada de George nunca gana ni un gramo, una característica que irrita muchísimo a su prima, más redondita.

Ellen Zucker, una atractiva mujer de treinta y tantos, me sonrió y removió el té.

—¿Qué tal están tu padre y Hannah, Nancy? Dile a Hannah que me encantó su receta para... Perdonad un momento —se disculpó, y echó a correr hacia la ventana abierta de delante—. ¡Owen! —gritó—. Ya te he dicho que si vas a jugar ahí fuera solo, tienes que quedarte lejos de la carretera. ¿Por qué no vas a jugar un rato al patio de atrás?

Mis amigas y yo intercambiamos miradas divertidas. Owen Zucker, un enérgico niño de cuatro años, estaba jugando a béisbol en la calle cuando llegamos. Las tres nos habíamos turnado para hacerle de canguro y sabíamos que bastaba un instante para perder la pista a aquel niño tan activo y vigoroso.

La señora Zucker suspiró y se volvió a sentar.

—Pobre Owen. Me temo que se debe aburrir muchísimo siguiéndome de casa en casa. Llevo toda la semana recorriendo el vecindario recaudando fondos para el castillo de fuegos artificiales del Día del Yunque.

Sonreí, consciente de que la señora Zucker había acudido al mejor hogar para su propósito. La señora Mahoney es una de las personas más ricas de la ciudad. Su difunto esposo era el único descendiente de Ethan Mahoney, fundador de la Mahoney Anvil Corporation a principios del siglo XIX. El negocio de los yunques desapareció hace tiempo sin dejar rastro salvo por la celebración local anual del Día del Yunque, y la fortuna de los Mahoney es ahora mayor que nunca. En vida, Cornelius había destinado la mayor parte del dinero a coches antiguos y tramas financieras poco claras. Según todas las fuentes, el viejo Cornelius era un hombre gruñón y perverso que nunca había mostrado una faceta bondadosa o agradable en público. La señora Mahoney, sin embargo, es un alma generosa adorada por todos los que la conocen. Sus importantes aportaciones a todo tipo de obras de caridad han servido de mucho para reparar el buen nombre de los Mahoney.

—Imagino que Owen sabe distraerse solo —comentó Bess contemplando por la ventana al chiquillo, que bate y bola en mano se perdía tras una esquina de la casa—. Recuerdo que la última vez que le hice de canguro decidió hacer galletas, y antes de que pudiera atravesar la cocina para detenerle ya había desparramado por el suelo todo lo que había en la nevera.

—¡Ése es mi Owen! —exclamó la señora Zucker, y las otras mujeres se rieron.

—¿Qué os trae hoy por aquí, chicas? —preguntó la señora Thompson, una mujer cuarentona, brillante y grácil que forma parte de un par de comités de voluntarios en los que yo también participo y que es enfermera en el hospital de la ciudad—. ¿Trabajas en algún caso nuevo, Nancy?

Sonreí sumisamente y mis amigas se rieron. ¿Os había dicho que soy famosa en la ciudad por resolver misterios?

—Más o menos —admití—. Parece ser que alguien ha atacado el huerto del señor Geffington.

La señora Zucker pareció sorprenderse.

—¿De verdad? —exclamó—. ¡En mi casa ha pasado lo mismo! Alguien me pisoteó los calabacines hace un par de noches.

Muy interesante. La señora Zucker vive al otro lado de la calle, unas cuantas casas más allá de la del señor Geffington.

—¿Tiene alguna idea sobre quién pudo hacerlo? —pregunté.

La señora Zucker sacudió la cabeza.

—Supuse que habrían sido críos haciendo una gamberrada, o tal vez animales —contestó—. Debió de ocurrir después de cenar, mientras recaudaba fondos para el Día del Yunque. Salí hasta bastante tarde, mi marido estaba en el centro, en una cena de negocios, y Owen seguramente jugaba con la canguro que contraté para aquella noche, así que ninguno de nosotros se dio cuenta de nada. La verdad es que tampoco le di muchas vueltas, sobre todo porque ni a mi marido ni a Owen les apasionan los calabacines.

—No les culpo —intervino George sirviéndose más galletas—. Yo también los odio.

—Así que no vio al culpable —murmuré, y a continuación miré a las otras dos mujeres—. ¿Y ustedes? ¿Alguna notó algo extraño en el vecindario hace tres noches?

—Yo no —contestó la señora Mahoney—. ¿Has hablado con el resto de vecinos? Harold Safer vive a ese lado de la calle Bluff. A lo mejor vio algo.

El comentario me recordó otra cosa.

—He oído que acaban de vender la casa de los Peterson —dije refiriéndome al otro vecino directo del señor Geffington—. ¿Alguna de ustedes sabe quién la compró?

—Yo —replicó la señora Thompson—. Me han dicho que la compró una joven francesa soltera, Simone Valinkofsky.

—¿Valinkofsky? —preguntó George—. No suena muy francés.

—No sé si sonará francés o no —contestó la señora Thompson—, pero según me han contado, se mudó a la casa hace tres días. Todavía no la conozco, pero tengo entendido que ocupa un puesto importante en el museo del centro.

—Qué interesante —murmuré. No podía asumir que la recién llegada tuviera nada que ver con el problema de los calabacines, pero no podía dejar de reconocer que, por lo que sabía, el vandalismo había empezado el mismo día en que ella se había mudado al barrio. ¿Había alguna conexión entre ambos hechos o era mera coincidencia? Sólo podría averiguarlo investigando un poco más.

Mis amigas y yo nos acabamos el té y nos excusamos. Tras salir por la puerta, empezamos a bajar por la acera. El señor Geffington y la señora Mahoney vivían en Bluff Street. Eché un vistazo a la casa del señor Geffington, una edificación colonial con cuidados lechos de flores rodeándola. Desde la acera, unos escalones de cemento bajaban a su caminito y al exuberante jardín que rodeaba la casa. Sabía que el huerto del señor Geffington se encontraba en el patio trasero, donde también tenía la espectacular vista del río de que gozan todas las casas de ese lado de la calle.

Entonces miré hacia las casas colindantes. A la derecha tenía la casa estilo Tudor del señor Safer. A la izquierda tenía una casa más pequeña de estilo rústico con un gran porche y un montón de arbustos y plantas que asomaban desde el patio de atrás.

Pensé que era un lugar perfecto para esconderse y pasé la mirada del terreno salvaje al patio del señor Geffington. Los dos patios estaban separados simplemente por una valla de madera de poco más de un metro de altura. Cualquiera podía haberla saltado.

Obviamente, que se pudiera saltar no era ningún misterio. El misterio era la motivación. ¿Qué podía hacer que alguien quisiera destruir un huerto lleno de indefensos calabacines? Hasta el momento, no tenía ninguna teoría convincente sobre el tema.

George siguió mi mirada.

—La escena del crimen, ¿eh? —dijo—. ¿No vas a ir a buscar las huellas que han dejado en las plantas?

Le di un empujoncito juguetón.

—Venga, vamos a ver si la vecina está en casa.

Todos los patios de Bluff Strett que daban al lado del río estaban bastante por debajo de la acera. Bajé con cuidado los escalones de la antigua casa de los Peterson. Abriéndome paso por el estrecho patio principal, subí al porche y llamé al timbre.

La puerta se abrió al cabo de un momento, y reveló la sonrisa de una joven de unos veintinueve años con el pelo oscuro hasta los hombros y unos magníficos ojos negros. Llevaba un vestido de lino sencillo pero con mucho estilo y unas zapatillas con plataforma.

—¡Hola! —dijo con una voz suave y un ligero acento extranjero—. ¿En qué puedo ayudaros?

Me presenté y presenté seguidamente a mis amigas. Antes de que pudiera explicarle el motivo de la visita, la joven nos hizo pasar.

—Por favor, entrad —nos pidió—. Me llamo Simone Valinkofsky y hace días que quería conocer a alguno de mis vecinos.

Enseguida mis amigas y yo nos encontramos de pie en la increíblemente espaciosa salita de estar de la casa. Nunca había entrado cuando los Peterson vivían allí, pero sospechaba que no habría tenido nada que ver con su aspecto actual. Aunque todavía había algunas cajas por ahí, la nueva dueña de la casa se había empleado a fondo con la decoración de la sala. Había un enorme óleo sobre la chimenea y unas preciosas cortinas colgaban ante los grandes ventanales que daban al patio posterior. Unos estantes a ambos lados de la sala acogían varios libros encuadernados en piel y se podían observar exóticos abanicos con mango de marfil en las paredes. Bess se quedó mirando directamente las magníficas joyas que decoraban uno de los extremos de la mesa.

—¡Vaya! —exclamé yo, expresando mi entusiasmo—. Tiene un montón de cosas bonitas, señorita Valinkofsky.

—Por favor, llamadme Simone.

—Vale —dijo George—, porque no estoy segura de poder pronunciar Valin... Valik... lo que sea. ¡Eso no me lo enseñaron en ninguna de mis lecciones de francés!

Simone se rió, aparentemente sorprendida pero encantada con los sinceros comentarios de George.

—No, es que no es un apellido francés —aclaró—. En tiempos de la Revolución, mi abuelo llegó a París procedente de Rusia.

Mi mirada se acababa de posar en un objeto oval hecho de oro y joyas incrustadas que estaba expuesto en el interior de una caja de cristal cerrada con candado que descansaba en la repisa de la chimenea.

—¿Eso es de Rusia? —le pregunté, señalando el objeto. Simone asintió.

—Sí, tienes buen ojo —respondió—. Es un huevo Fabergé auténtico, la reliquia más apreciada de mi familia. Aunque, obviamente, no es uno de los famosos huevos imperiales que Fabergé creó para los zares. La mayoría de ellos están en museos o en otras exposiciones. Pero éste también es un pequeño tesoro y estamos muy orgullosos de él y de nuestro origen ruso.

Nos describió algunos de los otros objetos de belleza singular que tenía en la sala. Era tan interesante que casi me olvidé de por qué estábamos allí.

Al final, Simone se interrumpió sola con una risotada.

—Perdonadme —dijo—. No hago más que hablar de mí. Por favor, habladme de vosotras. ¿Qué os ha traído a mi puerta?

—Nancy es detective —explicó Bess.

—¿Ah, sí? —se sorprendió Simone—. ¡Pero eres muy joven! Yo pensaba que los detectives norteamericanos eran tipos mayores y duros como Humphrey Bogart, y no jovencitas guapas como tú.

—Es que no soy detective de verdad —me apresuré a explicarle, sonrojada—. Vaya, que no tengo licencia ni esas cosas. Sólo ayudo a mi padre en algunos de los casos que él lleva como abogado. Por ejemplo, hoy estamos tratando de averiguar quién ha estado destrozando los calabacines de los huertos de los vecinos.

—¿Los calabacines? —repitió Simone.

—Sí, la hortaliza ésa que seguramente tú conocerás como *courgette* —aclaró George.

Miré a George sorprendida. ¿Cómo se acordaba de esa palabra que había aprendido en clase de francés? En realidad, siempre saca cosas triviales de este tipo que va encontrando en internet, o sea que seguramente por eso conocía esa palabra. A veces, su ágil memoria resultaba muy útil.

Simone se rió.

—Ya veo. Bueno, me temo que no podré ayudaros —dijo—. He estado tan ocupada desempaquetando las cajas durante estos últimos tres días que casi no he mirado por la ventana, por no hablar de salir de casa. Pero os puedo asegurar que no he sido yo. Jamás destrozaría un calabacín, si acaso lo freiría. Y yo no tengo huerto, así que el bandido no debe de haber encontrado ningún motivo para pasar por aquí.

Me acerqué a las ventanas que daban atrás, observándolo todo. Cuando mis ojos apreciaron la vista que ofrecía el exterior, se me abrió la boca.

—¡Eh! —empecé—. ¿No son calabacines eso que asoma por el patio trasero?

2

PLANES DE FIESTA

—¿Qué? ¿Dónde? —Simone parecía francamente sorprendida y corrió a reunirse conmigo delante de la ventana—. Bess y George también se acercaron, y las cuatro observamos el descuidado patio trasero. Yo les señalé unas cuantas plantas de aspecto vigoroso que se abrían paso entre los rosales sin podar. Media docena de verdes frutos ovalados crecían en sus ramas.

—¡Claro que sí! Parecen calabacines —dijo George.

—Creo que tienes razón —dijo Simone—. Como veis, no hemos tenido demasiado tiempo para dedicarnos al jardín. Venid, vamos a investigar.

Mis amigas y yo la seguimos a través de la cocina y salimos al patio trasero. Como el de delante de la casa, bajaba con una pronunciada inclinación hacia el margen del río, que pasaba por detrás de un muro de piedra bajito. A unos dos tercios de camino hacia el muro, la muralla de rosales bloqueaba casi la mitad del espacio del jardín.

Poniéndonos de puntillas, pudimos ver un huerto abandonado. Las tomateras crecían por allí esparcidas y las cebollas ya se habían empezado a espigar. Las matas de calabacines estaban por todas partes.

—Deben de haber sobrevivido al invierno algunas semillas y ahora han arraigado solas —dijo Bess—. Después de todo, parece que tendrás tus calabacines fritos, Simone.

—Sí, pero eso será si consigo entrar en el huerto atravesando todas estas espinas —replicó Simone—. Tendré que pedir a Pierre que me abra un camino.

—¿Pierre? —repetí con curiosidad.

—¿Me habéis llamado? —respondió una alegre voz masculina, justo a mis espaldas.

Di un respingo, sobresaltada. Al volverme, me encontré cara a cara con un joven muy guapo, quizá unos diez años menor que Simone. Había un fuerte parecido familiar en los ojos oscuros y los pómulos prominentes de ambos.

—Ah, ¿estás ahí, Pierre? —dijo Simone—. Te voy a presentar a mis nuevas amigas: Nancy, Bess y George. Y éste es Pierre, mi sobrino. También es de París. Pasará conmigo el verano, hasta que empiecen las clases en la universidad de Chicago.

Pierre hizo una pequeña reverencia.

—Encantado —dijo, con fuerte acento francés y la mirada dirigida a Bess—. Es un honor conocer a unas damas tan encantadoras.

George y yo nos intercambiamos una mirada y una sonrisilla de complicidad. Estábamos acostumbradas a ver cómo los hombres se volvían inmediatamente locos por nuestra amiga.

—Espero que te esté gustando River Heights —contestó Bess, devolviéndole educadamente la sonrisa—. No es la ciudad más grande del mundo, pero tiene muchas cosas.

—*Oui*, como por ejemplo un bandido chafacalabacines —añadió Simone con una sonrisa. Señaló una de las plantas de al lado—. Me parece que tenemos la suerte de tener algunos *courgettes* creciendo a su aire en el patio, Pierre. Y hay alguien que está destruyendo el resto de calabacines de la ciudad.

—Sí. —Miré el reloj y me di cuenta de que se estaba haciendo tarde. Había quedado con mi novio, Ned Nickerson, para ir al cine en tan sólo unas horas. Aunque me lo estaba pasando bien con Simone, tendría que irme pronto, si quería seguir investigando—. Deberíamos irnos. Estoy segura de que tenéis mucho que hacer.

Pierre parecía algo confuso, pero continuó sonriendo.

—Ah, ¿de verdad, tenéis que abandonarnos tan pronto? —apoyó una mano en el brazo de Bess—. Pero, por favor, *mademoiselles, ¿*me prometéis que volveréis pronto? Unos buenos amigos míos de Francia vienen a visitarme y estoy seguro de que les encantará conoceros. Quizá podríamos hacer una fiesta cuando lleguen...

—¿Una fiesta? —dijo George, toqueteando una mata de calabacín—. Puede ser divertido. ¿Cuándo llegan tus amigos?

Simone se miró el reloj.

—En cualquier momento —contestó ella por su sobrino—. Llegarán esta tarde, vienen conduciendo de unos kilómetros río abajo, donde han pasado unos días visitando a otros amigos. Igual podríamos hacer una reunión este fin de semana... ¿Mañana, quizá?

Asentí.

—Me parece genial —dije—. ¡Gracias! —Me encantaba la idea de poder conocer mejor a nuestros nuevos vecinos. Aunque Simone no supiera nada del vándalo de los calabacines, era una mujer interesante y agradable. Estaba impaciente por escuchar más historias sobre los objetos exóticos de su casa, por no hablar de los detalles de su intrigante historia familiar.

—¡Magnífico! —Pierre aplaudió—. Quedamos así, entonces. ¿Ponemos mañana a las siete?

—De acuerdo —dije, y Bess y George asintieron—. Pero ahora de verdad que tenemos que irnos. He quedado dentro de poco con mi novio.

—Ah, claro —dijo Simone—. Y, por favor, tráelo contigo mañana. Y eso va por todas—. Nos sonrió a las tres.

—Por supuesto —añadió Pierre—. Estoy seguro de que unas chicas tan encantadoras deben tener novio, ¿verdad?

—No exactamente —contestó Bess, con los hoyuelos pronunciados—. Nancy es la única que tiene pareja estable en este momento.

—Oh, eso es una pena —dijo Pierre, aunque sus palabras no sonaron demasiado sinceras—. Bueno, sea como sea, mis amigos y yo intentaremos entreteneros.

—Estoy segura de ello —dijo Bess, devolviéndole la sonrisa y parpadeando coquetamente con sus largas pestañas, cosa que hizo que Pierre sonriera encantado.

Volvimos a la calle, pero, en lugar de volver a entrar a la casa, la bordeamos por el pasillo de césped que la separaba de la valla de madera que delimitaba la propiedad del señor Geffington. Miré por encima de la valla con curiosidad, preguntándome si encontraría alguna pista en la escena del crimen. Pero el señor Geffington ya había limpiado cualquier posible prueba. Su huerto estaba tan ordenado como siempre.

Miré por encima del hombro el jardín descuidado de Simone. ¿Se habría escondido alguien allí atrás esperando el momento de saltar sobre los calabacines del señor Geffington para pisotearlos? ¿O quizá el bandido se había colado por los escalones de cemento de la calle y se había escurrido por el borde de la casa, oculto por la oscuridad? ¿O quizá el señor Safer se había limitado a entrar desde su propio huerto para cargarse la apreciada cosecha de su vecino?

La última posibilidad me seguía pareciendo irremediablemente inverosímil, pero toda una vida resolviendo misterios me había enseñado que nunca se puede descartar ninguna opción, por improbable que parezca. Ésa es una de las cosas que más me gustan de ser detective: no hay manera de saber por dónde va a salir el caso hasta que has reunido todas las pruebas, seguido todas las pistas y atado todos los cabos.

Cuando llegamos a la acera, Bess, George y yo nos despedimos de nuestros nuevos amigos. Mientras Simone y Pierre se metían en la casa, nosotras tres tiramos hacia casa del señor Geffington.

—Ese Pierre parece majo, ¿no? —comentó Bess, volviéndose para mirar la casa.

George soltó una risotada.

—Sí, claro, pero le tendrás que mandar la factura de la tintorería por cómo babeaba contigo.

Bess se ruborizó.

—Uf, ya basta —se quejó—. Sólo intentaba ser amable.

—Ah, ah —dije yo, divertida—. Y seguro que tú ni te has fijado en lo mono que es. Ni en su divertido acento francés. Ni en cómo te estaba mirando todo el rato.

—Vale ya. —Bess señaló la casa del señor Geffington, por donde pasábamos justo en ese momento—. Eh, ¿no queréis entrar y echar un vistazo o algo? Ya sé que está todo limpio y ordenado, pero igual hay algún testigo. Las patatas tienen ojos y el maíz orejas, ya sabéis...

Solté un gruñido ante aquel chiste tan malo. Era evidente que Bess intentaba cambiar de tema, y decidí seguirle la corriente.

—No, creo que primero tendríamos que ir a hablar con el señor Safer —dije—. Según el señor Geffington, es el principal sospechoso. Estoy segura de que no ha sido él, pero puede que viera u oyera algo esa noche que nos diera una pista para encontrar al verdadero culpable.

George se encogió de hombros.

—El plan parece tan bueno como cualquier otro —opinó—. Pero que nadie le pregunte si ha visto algún buen musical últimamente, o no saldremos nunca de su casa.

Bajamos por las escaleras que daban al patio principal de Harold Safer. En lugar de ser de piedra o cemento, como la mayoría de escaleras de la manzana, los escalones del señor Safer están decorados con trocitos de cristal de colores que forman un arco iris.

Yo abría la marcha hacia la puerta principal. Cuando llamé al timbre, escuchamos la tenue melodía de "En algún lugar sobre el arco iris" que se extendía por la casa.

Enseguida escuchamos también unos pasos rápidos que se acercaban. Al cabo de un instante, la puerta se abrió de par en par y... allí estaba Harold Safer, con un enorme mazo en las manos.

3

UNA LLAMADA PIDIENDO AYUDA

Solté un grito sofocado; me sobresalté ante aquella imagen.

—¿Qué hace con eso? —salté, con un montón de imágenes de calabacines chafados bailándome por la cabeza.

Harold Safer parpadeó, bastante confuso ante mi reacción.

—¿Que qué hago con qué? —preguntó y, acto seguido, bajó la vista al mazo—. Ah, ¿con esto? Estaba intentando colgar una varilla para la cortina en la cocina, pero parece que hoy estoy muy patoso. —Suspiró y levantó los ojos al cielo con aire teatral.

—¿Está intentando colgar cortinas con eso? —se extrañó Bess—. No me extraña que tenga problemas. Quizá yo pueda ayudarle. ¿Tiene una caja de herramientas?

Harold Safer parecía sorprendido, pero nos hizo pasar.

—Está en el sótano —le indicó a Bess.

—Vuelvo enseguida —dijo ella asintiendo, y desapareció por el pasillo.

—¿Ya sabe lo que hace? —nos preguntó Harold Safer a George y a mí, aún con aire sorprendido.

—Por supuesto —le aseguró George—. Bess es un genio con las herramientas... Y no hablo sólo de brochas de maquillaje...

Yo asentí. La mayoría se sorprende de lo manitas que es Bess. Parece de esa clase de chicas que tienen problemas para cambiar una bombilla, pero, en realidad, tiene una habilidad casi enfermiza para arreglar cosas, desde una tostadora encallada a un coche que no arranca. Para ella, una varilla de cortina era coser y cantar.

—No se preocupe, señor Safer —añadí—. Se lo arreglará en un santiamén.

Harold Safer suspiró.

—Bueno, pues me alegro de que hayáis venido —dijo, abriéndonos paso hacia la cocina, que estaba en la parte trasera de la casa—. Si no cuelgo esa cortina enseguida, me volveré loco. Pensaba que no me llevaría ni un minuto, pero tengo que volver a la tienda. Además, ese chiflado que tengo por vecino no para de vigilarme desde la puerta cada vez que entro en la cocina. ¿Podéis creerlo? Sólo porque alguien ha decidido hacer un destrozo en su huerto, ya cree que yo soy el responsable. Teníais que haberlo visto anoche... Mientras arreglaba el huerto, me lanzó tantas miradas asesinas que un poco más y me quedo en el sitio.

Entramos en la cocina. Era luminosa y amplia, con las paredes blancas decoradas con pósteres de varios espectáculos de Broadway enmarcados. Tenía unas grandes ventanas que daban a los patios trasero y lateral. En el suelo, al lado de la ventana lateral, había una varilla de latón brillante, un juego de cortinas de tela, varios clavos torcidos y un montoncito de polvo.

—Sí, ya sabemos lo del problema de los calabacines

—dije—. En realidad, hemos venido por eso. Queremos descubrir quién lo hizo.

—¿En serio? Muy bien —dijo Harold Safer, dejándose caer sobre un taburete del mostrador—, porque ya me da hasta miedo salir a la calle.

Sabía que estaba exagerando, pero sus comentarios me recordaron que, aunque mis amigas no lo hicieran, yo debía tomarme en serio aquel misterio. Estaban en juego las relaciones vecinales. Si el señor Safer estaba colgando una cortina que iba a taparle gran parte de sus preciosas vistas sólo por el señor Geffington, es que las cosas estaban muy mal.

Justo entonces, Bess entró con un martillo pequeño y unas cuantas herramientas más.

—Vamos allá —dijo alegremente—. Esto irá mucho mejor que el mazo. Ven, George, ayúdame a aguantar las abrazaderas.

Mientras las primas se ponían a trabajar, yo me senté al lado de Harold Safer.

—¿Le importa que le haga unas preguntas? —le dije.

Él se encogió de hombros.

—Pregunta, Nancy —respondió él—. No tengo nada que esconder, ni a ti ni a nadie, por mucho que ese descerebrado obseso de los calabacines que tengo por vecino vaya hablando por ahí. La verdad es que, al principio, sus acusaciones tenían hasta cierta gracia. ¿Me imaginas a mí colándome en su jardín en plena noche, con un garrote de hombre de las cavernas en las manos, machacando sus preciosas verduras? Me recuerda ese viejo chiste que dice: "¿Qué tienes cuando un elefante pasa por tu jardín?"

—¿Qué?

—¡Puré! —sonrió con placer.

—Ya veo —dije con una sonrisa cortés. Sabía que, como siempre, sería difícil sacar algo en claro de todo lo que dijera el señor Safer—. ¿El martes por la noche vio o escuchó algo extraño?

—Nada. —Se encogió de hombros—. Que yo recuerde, esa noche entré en casa después de que se pusiera el sol y estuve escuchando la banda sonora de *El violinista en el tejado*. Es una de mis favoritas, así que la tenía bastante alta. De hecho, casi no escuché el timbre cuando la señora Zucker y el pequeño Owen vinieron después de cenar para la colecta de las fiestas del Día del Yunque. O sea que, como es natural, no iba a escuchar nada de lo que sucediera en la puerta de al lado, a no ser que dispararan un cañón.

—Entiendo —dije—. ¿Y al día siguiente, vio los daños? Los calabacines, ya sabe...

—No —respondió—. Como ya sabes, no abro la tienda hasta las diez de la mañana y no me suelo levantar mucho antes de las nueve. Cuando miré por la ventana, supongo que Bradley ya había limpiado el desastre. Al menos, yo no me di cuenta de nada. Ni siquiera sabía lo que había pasado hasta que entró vociferando y renegando en la tienda bien entrada la mañana.

—¿Entró en la quesería acusándole? —pregunté.

—Sí, ¿te imaginas el número? —El señor Safer parecía ofendido—. Afortunadamente, en ese momento no había clientes. Cuando logré enterarme de qué iba el tema, le dije que no había sido yo. Pero él se limitó a murmurar algo de que iba a emprender acciones legales y se largó en estampida. ¡No entiendo por qué pensó que yo podía hacer algo así!

—Supongo que pensó que se había vuelto loco porque las cañas de soporte de las tomateras le tapan a usted la vista —propuse.

—¿Qué? —Pareció francamente sorprendido—. ¿Lo dices en serio? ¡Pero si eso fue el mes pasado! Cuando vi que no pensaba mover esas cañas, que, por cierto, no sé por qué tienen que ser tan altas... Cualquiera diría que quería que sus tomateras protagonizaran una nueva versión de *La tienda de los horrores* o algo así... Sólo me limité a mover la tumbona unos cuantos metros a la derecha y ¡hala!: mis puestas de sol de nuevo ininterrumpidas.

Parpadeé, tratando de desentrañar el sentido de sus confusos comentarios.

—Ya veo —dije, cuando finalmente entendí lo que me había dicho—. Bueno, pues eso es todo. Ahora mismo no se me ocurre nada más. Supongo que tendré que seguir preguntando por ahí a ver si alguien vio algo esa noche.

Harold Safer asintió.

—¿Has hablado con la gente del otro lado? —preguntó—. Me han dicho que a principios de semana se ha mudado una joven a esa casa. Aún no la conozco, pero me muero de ganas. Dicen que es la hija de un riquísimo miembro de la *jet set* europea. Probablemente hasta sea de alguna realeza menor. ¿Te imaginas? ¡Aquí, en nuestra River Heights!

—Acabamos de conocerla —le dije—. Se llama Simone y es muy agradable, pero no ha dicho nada de que fuera de la realeza ni de nada de eso que dice usted. Y ella tampoco vio nada en casa del señor Geffington aquella noche.

—Una lástima —replicó Harold Safer—. Pero bueno,

yo no paro de decirle a ese insufrible de Geffington que seguramente fueron los mapaches los que le pisotearon los calabacines. Obviamente, él insiste en que no puede ser, a no ser que los mapaches hayan aprendido a manejar mazos —añadió, levantando los ojos al cielo.

Le sonreí comprensivamente y miré a Bess y a George, que estaban metiendo la varilla de la cortina en las bridas recién colocadas. Justo entonces, el señor Safer levantó la vista y vio también lo que estaban haciendo.

—¡Ah, magnífico! —exclamó, aplaudiendo y levantándose de un salto—. Sois unos genios, chicas. No sé cómo daros las gracias. Habéis salvado mi salud mental, así de claro.

—No ha sido nada, señor Safer —replicó Bess—. Será mejor que nos marchemos.

—¡Ni hablar! Al menos dejad que os lo agradezca con unos refrescos. —El hombre ya corría hacia la nevera—. Y no pienso aceptar un no por respuesta. Además, le tengo que contar a alguien lo de la reposición de *A Chorus Line* que vi la semana pasada en River City...

Intercambié una mirada con Bess y George. Evidentemente, esta vez no nos íbamos a poder librar, pero a mí me daba igual. Estar allí sentada en silencio mientras Harold Safer charlaba de su última experiencia teatral me daría la oportunidad de pensar en el caso.

Y empezaba a darme cuenta de que aquel caso iba a requerir pensar bastante. Podía parecer trivial a primera vista, pero eso no significaba que fuera a ser fácil de resolver. De momento, aún no había encontrado ningún testigo, ninguna pista, ningún móvil ni ninguna dirección por la que encaminar la investigación. Además de eso, habían limpiado completamente la escena del crimen, borrando cualquier evidencia que pudiera haber habido. ¿Cómo se suponía que tenía que seguir el hilo de lo sucedido sin absolutamente nada donde agarrarme?

"Las pistas están", me recordaba a mí misma, mientras el señor Safer nos servía los refrescos y charlaba animadamente. "Siempre están ahí. Sólo hay que encontrarlas."

Eso me hizo sentir algo mejor. Di un sorbito al refresco y volví sobre lo que ya sabía. No era demasiado, pero algo es algo.

Cuando el señor Safer empezaba a hablar, era difícil pararlo. Después de describirnos la obra que había visto con increíble lujo de detalles, insistió en mostrarnos las últimas fotos que había hecho de sus puestas de sol sobre el río. Después quiso que escucháramos una nueva banda sonora que se había bajado de internet. A George le pareció interesante, aunque sólo la parte de la descarga. Le encanta hablar de ordenadores con quien sea que comparta su pasión por ellos, especialmente porque ni a Bess ni a mí nos interesan para nada que no sea consultar el correo electrónico o realizar alguna búsqueda puntual.

Al final, conseguimos escaparnos. El señor Safer nos acompañó a la puerta.

—Muchas gracias por venir, chicas —dijo alegremente—. Os agradezco mucho vuestra ayuda con las cortinas. Por no hablar de vuestro interés por el lío de los calabacines. Si alguien puede llegar al fondo de la cuestión ésa es nuestra superdetective de River Heights, Nancy Drew. —Me guiñó el ojo—. Un día de éstos escribiré un musical sobre ti, querida.

Yo le sonreí. El señor Safer lleva diciendo lo mismo

desde que aparecí por primera vez en el periódico tras haber resuelto un caso complicado.

—Gracias por su ayuda, señor Safer —le dije—. Estaremos en contacto.

Bess, George y yo pronto estuvimos corriendo por la acera hacia mi casa.

—Ojalá tuviéramos tiempo para hablar con alguien más hoy —comenté, mirando el reloj—. Al hablar con el señor Safer me he dado cuenta de que conviene solucionar esto lo más pronto posible.

—Sí, ya sé lo que quieres decir —admitió George—. El señor Safer parece muy afectado por todo esto.

Bess asintió.

—Él y el señor Geffington ya han tenido sus diferencias en otras ocasiones, pero no como ahora. Tenemos que hacer algo antes de que las cosas lleguen más lejos.

—He quedado con Ned dentro de una hora para ir al cine —les dije al llegar delante de mi casa. Nos paramos delante del coche de Bess, que estaba aparcado al lado del bordillo—. Quizá podríamos retomar el tema en algún momento del fin de semana, si no estáis muy ocupadas...

—Vale —dijo Bess por las dos—. Ah, y si vas a salir con Ned, deberías ponerte esa blusa lavanda que no te pones nunca. Te realza el color de los ojos. ¡Y no te olvides del pintalabios! Te lo digo siempre: marca una gran diferencia.

Bess siempre intenta convencernos a George y a mí para que nos interesemos más por la ropa y el maquillaje, dos temas que a ella le interesan mucho y a nosotras más bien poco. A mí me gusta hacer alguna escapada a las tiendas como a todas las chicas y me gusta llevar cosas bonitas en ocasiones especiales, pero la mayor parte del tiempo no me molesto demasiado pensando en esas cosas. Por lo que se refiere a George, ha sido hombruna desde que nació, y si Bess no ha conseguido convertirla en una apasionada de la moda a estas alturas, ya no creo que lo consiga nunca.

—Vale, intentaré parecer tan humana como pueda —le dije a Bess con un guiño intencionado a George—. Nos vemos mañana.

Nos separamos y yo me apresuré a entrar en casa. Papá no estaba, pero nuestra ama de llaves, Hannah Gruen, estaba preparando la cena en la cocina. Hannah ha estado con nosotros desde que murió mi madre y yo la veo como parte de la familia. Por fuera parece seca y eficiente, pero bajo su estricta apariencia hay un corazón tan grande como su considerable volumen.

—Ah, estás aquí, Nancy —dijo Hannah, secándose las manos en el delantal—. Te acaban de llamar por teléfono. ¡La chica parecía bastante preocupada! Su número está en la libreta.

—Gracias. —Corrí a mirar la libreta que había al lado del teléfono, donde Hannah había apuntado con su pulcra caligrafía el nombre y el teléfono de Simone—. ¡Uy! Es la nueva propietaria de la casa de los Peterson. La hemos conocido esta tarde. ¿Qué querrá?

Suponiendo que sólo había una forma de saberlo, marqué su número. Simone respondió, pero sonaba tan triste que casi no le reconocí la voz.

—¡Nancy! —exclamó cuando me identifiqué—. ¡Cómo me alegro de escucharte! Como ya sabes, Pierre y yo aún no conocemos a casi nadie aquí, en River Heights, y no sabía a quien acudir.

—¿Qué ocurre, Simone? —le pregunté ansiosa. El tono preocupado de su voz me decía que algo iba mal... Muy mal.

—Es mi huevo Fabergé —contestó Simone—. ¡He entrado en la salita y he visto que ya no estaba!

4

UNA RELIQUIA ROBADA

Cinco minutos más tarde volvía a estar en el porche de Simone, llamando al timbre. Cuando Simone salió a abrir la puerta, parecía ruborizada y fruncía el ceño.

—¡Ah! Eres tú —dijo, relajando un poco el gesto—. Pasa, Nancy. Pensé que igual sería la policía. Les he llamado justo antes de llamarte a ti.

—Estoy segura de que vendrán pronto —dije con tacto. Decidí que no sería yo quien sugiriera a nadie que el jefe del departamento de Policía de River Heights no se molesta en apresurarse si el delito no es algo con lo que vaya a conseguir un titular en los periódicos de Chicago—. Mientras tanto, ¿quieres explicarme qué ha ocurrido?

—Claro. —Simone me hizo un gesto para que la siguiera al interior—. Pasa, te presentaré a los amigos de Pierre. Así podrán ayudarme a explicártelo todo.

La seguí hasta la salita. No tenía demasiada pinta de escena del crimen. Había estado allí mismo unas horas antes y no vi nada que estuviera fuera de lugar.

Con una excepción, claro. La caja de cristal que estaba sobre la repisa de la chimenea y que contenía el huevo estaba abierta y vacía.

—No has limpiado nada después de darte cuenta de que faltaba el huevo, ¿verdad? —le pregunté.

Simone sacudió la cabeza.

—No he tocado nada —respondió—. Parece que el ladrón sólo estaba interesado en el huevo. Parece no haber tocado nada más.

—Interesante —observé.

En ese momento escuché voces que provenían de la cocina. Pierre entró en la sala, seguido de tres muchachos.

—¡Nancy! —exclamó Pierre nada más verme—. Qué bien que estés aquí. Por favor, permíteme que te presente a mis amigos: éste es Jacques, éste es Thèo y éste, René.

Señaló a cada uno de los jóvenes por turnos. Jacques era alto y delgado, con el pelo castaño claro y un rostro atractivo que lucía una expresión ligeramente melancólica. Thèo era más bajo, con el pelo oscuro y las espaldas anchas. René tenía unos ojos verdes centelleantes y el pelo tan oscuro como Thèo pero mucho más rizado.

—Encantada de conoceros —dije mientras los chicos me saludaban educadamente—. Bienvenidos a River Heights. Lamento que hayáis tenido que llegar en tan desafortunado momento.

—En realidad, ya llevaban aquí un buen rato cuando ocurrió todo —explicó Simone—. Llegaron unos minutos después de haberos marchado tú y tus amigas.

—Sí, y nos sentimos muy mal con todo esto, porque en parte nos sentimos responsables —añadió Jacques con la mayor seriedad y con bastante acento.

—¿Qué quieres decir? —pregunté.

Thèo se encogió de hombros.

—Es porque se nos olvidó cerrar la puerta —su acento francés era mucho más marcado que el de Jacques, pero su voz y su expresión denotaban la misma preocupación—. Pierre... se ofreció a enseñarnos la ciudad. Todos estábamos impacientes por verla y apenas nos paramos a subir el equipaje o cerrar las puertas.

—Sí, es culpa mía —suspiró Pierre ruidosamente—. Simone siempre me dice que cierre las puertas. Puede que sea una ciudad pequeña, pero mala gente hay en todas partes. Es que nunca me acuerdo. Esta ciudad, al lado de París, parece tan... tan buena...

Yo suspiré.

—Créeme, hasta en la pequeña y soñolienta River Heights tenemos nuestra ración de delincuencia. —De hecho, a veces parecía que tuviéramos más que nuestra ración. Pero no me molesté en intentar explicárselo. Simone, Pierre y sus amigos ya se sentían bastante mal.

—Bueno, no debí haberos dejado solos nada más llegar —dijo Simone—. Estaba tan impaciente por comprar las cosas para nuestra fiesta de mañana por la noche... No quería posponer demasiado las compras.

Los chicos franceses empezaron a hablar todos a la vez, asegurando a Simone que ella no tenía ninguna culpa de nada y que toda la responsabilidad recaía sobre ellos. Mientras tanto, yo iba observando la sala con más detenimiento. Me acerqué a la chimenea, con cuidado de no tocar ni tirar nada. Lo último que deseaba era desordenar la escena del crimen antes de que llegara la policía. Pero ya empezaba a costarme creer que no hubieran tocado nada más.

—Estos brazaletes —dije de repente, interrumpiendo lo que estaban diciendo los demás. Señalé las joyas que Bess había elogiado momentos antes. Estaban en un extremo de la mesa, junto con algunas baratijas—, Simone, parecen valiosos. ¿Lo son?

—Ah, sí, creo que sí —respondió Simone—. Quiero decir que son diamantes y perlas de verdad, o sea que deben de valer algo. Para mí tienen valor sentimental, por eso los tengo ahí expuestos.

—¿Por qué no habrá aprovechado el ladrón una cosa así que se encontraba a su alcance? —susurré, hablando más para mí que para ellos—. Hubiera sido bastante fácil metérselas en el bolsillo o algún sitio así... —Eché un vistazo a mi alrededor y vi otros objetos de valor: figuras, óleos, cristalerías y más cosas. ¿Por qué sólo el huevo?

—Buena pregunta —dijo René, que había escuchado mi comentario—. Quizá sorprendimos al ladrón con nuestro regreso.

—¿Cuándo habéis vuelto exactamente? —pregunté—. Por favor, contadme todo lo ocurrido: cuánto tiempo habéis estado fuera, cuándo habéis descubierto el robo... Todo eso.

—Sí, claro —dijo Pierre, aunque parecía sorprendido por la petición. Supuse que eso significaba que Simone no le había contado lo de mi reputación de detective—. Mis amigos llegaron unos quince minutos después de que os marcharais vosotras, tal como ha dicho Simone. Les enseñamos la casa y, casi enseguida, Simone salió a comprar. Mis amigos subieron las bolsas arriba y, entonces, salimos a dar una vuelta por el barrio. Estuvimos fuera una media hora, quizá un poco más. Cuando Jacques y René volvieron juntos a casa, Simone acababa de llegar y había visto que faltaba el huevo. Thèo y yo todavía estábamos en la calle, mirando el río, y entramos corriendo cuando René vino a llamarnos y nos contaron lo que había pasado.

—Eso es —corroboró Simone—. Me di cuenta de que el huevo no estaba porque el sol entraba por la ventana y estaba haciendo reflejos con la tapa abierta de la caja.

—Ya veo —Pensé un momento en lo que había dicho—. ¿Y la caja estaba cerrada con llave?

—Sí —dijo Simone—. Y está sujeta a la pared. Pero al ladrón no le debe de haber resultado demasiado difícil encontrar la llave. La tenía escondida debajo de ese reloj de ahí. —Señaló un reloj que estaba al otro extremo de la repisa.

Me acerqué un poco más a la chimenea para ver mejor el reloj. Al hacerlo, pude ver el estudio adyacente a través de una puerta abierta. Vi que había una mesa patas arriba.

—¿Eso también lo ha hecho el ladrón? —pregunté, señalando.

Pierre asintió.

—Supongo que sí —admitió—. ¿Ves? La mesa estaba cerca de la puerta trasera. Creemos que nos oyó llegar del paseo y que, al correr para salir, se dio contra la mesa.

—Sí, y si René no hablara siempre tanto, quizá hasta hubiéramos escuchado el golpe —añadió Thèo, guiñando el ojo.

Jacques frunció el ceño mirándolo.

—No es momento para bromas, Thèo —dijo apaciblemente—. Nuestros amigos han perdido un valioso tesoro familiar. El huevo ha pertenecido a la familia durante generaciones, ya lo sabes.

—Sí, lo sé —Thèo parecía disgustado—. Lo siento, Simone y Pierre.

—No hace falta que te disculpes, Thèo —le dijo Simone—. Es sólo un objeto que ha sido robado. Al menos no había nadie aquí cuando entró el ladrón, si no, alguien podía haber salido herido. Eso hubiera sido mucho, pero que mucho peor —suspiró con aire triste y abatido.

—No te preocupes —le dije en tono pausado, acercándome a ella mientras los chicos empezaban a hablar entre ellos—. Si puedo, te ayudaré a encontrar tu huevo.

—¿Crees que puedes encontrarlo? —Simone parecía sorprendida—. Nancy, ya sé que antes has dicho que eras detective, pero esto... ¿Cómo esperas descubrir algo así? Ni siquiera estoy segura de que la policía pueda ayudarme. Hay tantos sitios por donde puede desaparecer rápidamente un artículo así... —volvió a suspirar.

Yo sabía que ella tenía algo de razón. Si el huevo Fabergé lo había robado un ladrón profesional, seguro que ya debía de estar de camino hacia algún tipo de subasta de arte en el mercado negro. Pero mi sexto sentido andaba revuelto y eso me hacía pensar que tenía que investigar un poco más para encontrar respuestas a algunas preguntas. En primer lugar, ¿cómo iba a conocer un ladrón profesional la existencia del huevo de Simone? Y ¿por qué un profesional iba a dejar atrás otros artículos que también podía vender muy bien? Simplemente, no tenía sentido. Y he aprendido que cuando algo no tiene sentido, suele querer decir que en la historia hay mucho más de lo que se ve a simple vista.

—No te preocupes —volví a decirle—. Creo que todavía tenemos una oportunidad de poder recuperar tu huevo.

Me percaté de que Jacques se había separado de los demás chicos y me estaba escuchando. También pareció sorprendido, pero no dijo nada, y rápidamente se volvió a alejar.

Mientras tanto, Simone me sonreía, aunque seguía sin parecer muy esperanzada.

—Me pregunto qué debe de estar reteniendo a la policía —me comentó, mirándose el reloj—. Les he llamado hace casi una hora...

—¿Una hora? —Tragué saliva al percatarme de repente del tiempo que había pasado. Mirándome el reloj, me di cuenta de que tenía un problema—. Uh, uh —dije—. Había quedado con mi novio hace diez minutos. Debo irme.

—¡Lo siento, Ned, lo siento mucho! —exclamé sin aliento mientras entraba corriendo al vestíbulo del cine de River Heights. No me costó nada distinguir a mi novio, Ned Nickerson: era la única persona que había en el vestíbulo, aparte del que recogía las entradas y la quinceañera que trabajaba en el puesto de las palomitas. No era de extrañar, ya que la película que pensábamos ver había empezado hacía diez minutos.

Ned me sonrió, mostrando sus adorables hoyuelos, mientras se levantaba de uno de los bancos acolchados del vestíbulo para venir a saludarme.

—Tranquila —dijo, pasándose una mano por el pelo castaño. Sus ojos marrones parpadearon con aire juguetón—. Ya me he figurado que lo que te ha retenido seguramente será hasta más divertido que la peli... ¿O acaso no eres tú Nancy Drew?

Me reí.

—Mira por dónde, en eso has acertado —dije—. Te lo contaré todo. Como ya nos hemos perdido el principio de la peli, ¿me dejas que te invite a cenar?

—¡Por supuesto! —aceptó Ned inmediatamente, a pesar de la bolsa de palomitas vacía que descansaba en el banco de al lado. Eso es algo muy predecible en Ned: además de ser paciente y comprensivo, siempre está dispuesto a comer. Él y George se parecen mucho en eso. Como en el caso de George, el amor por la comida que profesa Ned nunca parece afectar demasiado a su cuerpo alto y flaco, aunque eso no quita que Hannah tenga a bien decir que come como un regimiento.

Salimos del cine y recorrimos la manzana hasta uno de nuestros lugares favoritos para comer, una combinación de librería y cafetería llamada Susie's Read & Feed. Embutido en una estrecha y alta fachada de River Street, entre una tienda de ropa y el First Bank de River Heights, Susie's es un local pequeño pero agradable, con todas las paredes cubiertas por altas estanterías repletas de una ecléctica variedad de material de lectura y cada centímetro de espacio entre ellas ocupado por sus desparejadas mesas y sillas de madera de distintos colores vivos. La dueña, una joven diminuta y llena de energía que se llama Susie Lin, se encarga de hacer que tanto los libros como la comida sean variados e interesantes, por lo que el lugar se ha hecho muy popular entre los vecinos de todas las edades.

Afortunadamente, llegamos lo bastante pronto como para que no estuviera demasiado lleno y pronto encontramos una mesa libre en la sección de literatura general. Vi que Ned repasaba los títulos de las estanterías mientras nos sentábamos. Se lee cualquier cosa que le caiga en las manos, porque le encanta leer y siempre está buscando material nuevo.

Pero en lugar de coger un libro, desvió su atención hacia mí.

—Vamos a escuchar eso que tienes que contar —comentó—. Apuesto a que estás sobre la pista de algo especialmente interesante. Y no lo digo sólo porque hayas llegado tarde.

—¿De veras? ¿Y por qué lo dices? —le pregunté sorprendida.

En lugar de responder, se limitó a señalarme. Entonces miré hacia abajo y, con efecto retardado, me di cuenta de que todavía llevaba puesta la misma ropa que había llevado todo el día. Con las prisas por llegar al cine desde casa de Simone, ni siquiera se me había pasado por la cabeza cambiarme para la cita.

Pero, a diferencia de Bess, Ned no es que se fije demasiado en la ropa, así que pensé que seguramente no estaba hablando de eso.

Me pasé la mano por el pelo, preguntándome si era tan evidente que no me lo había cepillado desde la mañana. Mis dedos encontraron algo extrañamente duro y pringoso.

—¡Bah! —exclamé, tirando del extraño objeto. Resultó ser un trocito de rama, seguramente de un rosal salvaje que se me habría enredado en el pelo cuando, aquella misma tarde, había estado curioseando en el frondoso huerto de Simone desde la valla de rosales. Me sorprendió un poco que Bess no se hubiera dado cuenta y no me lo hubiera quitado, pero no me sorprendió lo más mínimo no haberme dado cuenta yo antes. Había tenido cosas mucho más interesantes en la cabeza que mi propio pelo.

Ned sonrió entre dientes.

—O Bess te ha convencido para que probaras una nueva moda de lo más rara, o es que estabas tan distraída con algún nuevo y emocionante misterio que no te has molestado en mirarte al espejo desde hace rato.

—Culpable de la segunda presunción —admití, volviéndome a pasar la mano rápidamente por el pelo para comprobar si quedaba más porquería—. Pidamos algo para comer y te lo cuento todo.

Ned asintió. En ese preciso instante Susie Lin se acercó corriendo a nuestra mesa con la libretita en la mano. Y es que no sólo hace de jefa de cocina, sino que también es la camarera principal.

Eché un vistazo a la pizarra de encima de la caja registradora, donde Susie siempre anota los platos especiales del día. Uno de los entrantes me llamó la atención inmediatamente: buñuelos de calabacín.

—¡Oh! —exclamé, recordando de repente el otro misterio que se suponía que debía estar investigando. Con toda la emoción del robo en casa de Simone, había olvidado por completo al vándalo de las verduras. Sin embargo, ahora me planteaba si podía haber algún tipo de conexión entre los dos casos. ¿Aún no había notado la extraña coincidencia de que el chafacalabacines apareciera el mismo día que Simone y Pierre se habían trasladado?

—¡Hola, Nancy, Ned! —nos saludó Susie con su habitual tono rápido y abrupto—. ¿Qué os puedo ofrecer esta noche?

Susie es de esa gente que nunca para quieta. A veces, cuando va disparada de una punta a otra del largo y estrecho restaurante, tomando nota, llevando la comida o trepando por las escaleritas de las estanterías para bajar algún libro a alguien, me recuerda a una de esas bolas de la máquina del millón.

—Las enchiladas de camarones suenan bien, ¿no, Nancy? —comentó Ned, mirando la pizarra de Especiales.

—Estarán de rechupete —opiné—, pero creo que yo tomaré buñuelos de calabacín.

A Susie se le abrieron los ojos como platos y agitó las manos tan bruscamente que el boli casi sale volando.

—¿Calabacín? —exclamó—. Por favor, ¡ni me hables de calabacines!

5

INDICIOS Y PISTAS

Me sorprendió la violenta reacción de Susie. ¿Acaso había sido también víctima del chafacalabacines? Quizá me había precipitado al calificar el caso de una molesta y simple riña entre vecinos.

—Espera —me apresuré a decirle, ignorando la mirada sorprendida de Ned—. ¿Has tenido últimamente, em..., problemas relacionados con los calabacines?

Susie suspiró profundamente, echándose hacia atrás un mechón de sus negros y lacios cabellos.

—Ay, ay, ay... Lo siento, Nancy —se disculpó—. Ha sido un día muy duro. Y, sí, lo creas o no, en parte ha sido por los calabacines.

—¿Qué quieres decir? —Mi mente corría, imaginando una especie de enorme conspiración contra los calabacines. Pero me esforcé por apartar esos pensamientos de mi cabeza para escuchar la respuesta de Susie. Siempre es mejor mantener la mente abierta y trabajar a partir de hechos, sin pasar directamente a las conclusiones.

—Todo empezó ayer a la hora de comer, cuando estaba escribiendo el menú para la cena de los dos próximos días. —Susie señaló la pizarra de Especiales—. Justo cuando acababa de anotar los buñuelos de calabacín, apareció Bradley Geffington. Sabes quién es, ¿verdad? Dirige el banco de aquí al lado.

—Sí, claro —dije yo, mientras Ned asentía, aunque seguramente la pregunta de Susie era más bien retórica. En una ciudad pequeña como River Heights, prácticamente todo el mundo se conoce.

—Bradley viene mucho a comer —continuó Susie, apoyándose en la mesa mientras hablaba—. En realidad, suele hacer su pausa pronto porque así puede venir antes de que el local se llene y... antes de que se nos acaben las galletas de queso.

Ned sonrió con aprobación y asintió. Las galletas de queso de Susie eran legendarias.

—La cuestión es que ayer vino algo más tarde de lo normal y el comedor estaba a tope, así que se paró al lado del mostrador para buscar una mesa. Entonces vio lo que estaba haciendo yo, que, como he dicho, estaba anotando el menú de la cena en la pizarra y acababa de escribir "buñuelos de calabacín". Pues bien, ¡cualquiera diría que había escrito que iba a servir ardillas vivas con salsa de cianuro! —Susie parecía molesta recordando lo que había sucedido—. Bradley empezó a vociferar y a despotricar. Al principio, pensé que estaba enfadado porque no había mesas libres o algo. Pero no paraba de decir que si los calabacines esto, que si los calabacines aquello... Aún no sé ni qué decía, porque unos segundos más tarde entró Harold Safer, el de la tienda de quesos. Los dos se pusieron a discutir y a chillarse el uno al otro hasta tal punto que empecé a pensar que alguno le soltaría un tortazo al otro. Al final, tuve que echarlos a los dos para que no me asustaran a los demás clientes.

—Qué raro —comentó Ned—. Pensaba que esos dos eran buenos amigos. Viven puerta con puerta.

Tenía que admitir que había algo raro en lo que Susie nos acababa de contar. ¿Por qué el señor Safer no mencionó cuando hablé con él que se las había tenido con el señor Geffington? ¿Se le había olvidado o me había ocultado el enfrentamiento expresamente?

—Pero eso no es todo —siguió Susie, levantando los ojos al cielo—. Un par de horas después, cuando todavía estaba intentando encontrarle el sentido a todo aquello, entró una mujer con acento francés que no conocía de nada. Pensaba hacer una fiesta mañana por la noche y quería comprarme unos cuantos platos cocinados, canapés y cosas de ésas. Cuando vio los buñuelos de calabacín en el menú, empezó a farfullar no sé qué de *courgettes* y huertos, e insistió en que quería comprarme todos los buñuelos que pudiera hacerle en ese preciso momento. —Susie se encogió de hombros—. Le dije que seguramente para mañana por la noche estarían un poco revenidos, pero no aceptó un no por respuesta.

—Era Simone Valinkofsky —apunté, y Ned me dedicó otra mirada de sorpresa—. Acaba de comprar la casa de los Peterson, en Bluff Street.

—Pues bien, supongo que los buñuelos entraron muy bien, porque justo después de que ella saliera con todas mis existencias de buñuelos, tres o cuatro clientes más entraron a pedirlos. Por lo visto, les habían hablado de ellos algunas personas que habían comido al mediodía. Y por si fuera poco, la panda de críos de siempre no paraba de corretear mirando la pizarra y gritando que los calabacines saben a moco. Los peores fueron los Callahan, esos gemelos chillones, y su amigo Owen. Ninguno de los tres paró hasta que sus madres se los llevaron a rastras sin pedir nada. —Susie suspiró ruidosamente—. Ya sé que parece una estupidez quejarse de esto, pero es que parece que toda la ciudad se haya vuelto loca con los calabacines.

—A mí me lo vas a decir... —murmuré entre dientes, aunque no pude evitar sonreír con la historia de Susie y los niños que odiaban los calabacines.

Después de la diatriba, Susie parecía más relajada.

—En cualquier caso, no me quedan buñuelos de calabacín —nos dijo—. Pero esta noche las enchiladas son excelentes, aunque esté mal que lo diga.

—Genial. Pues tráenos dos raciones —decidió Ned, mirándome. Yo asentí y Susie salió disparada hacia la cocina.

Tamborileando con los dedos sobre la mesa, me quedé mirando el último estante de la librería del otro lado del pasillo, aunque, en realidad, no estaba viendo los libros de animales y mascotas. Estaba pensando en el caso de los calabacines. ¿Algo de lo que Susie acababa de decir podía tener alguna relación con el vándalo de las verduras o las conexiones eran simple coincidencia? Todavía no estaba segura de ello, pero mi sexto sentido volvía a removerse.

De pronto me di cuenta de que Ned me estaba mirando, sonriendo con su habitual sonrisa paciente.

—Bueno, ¿me vas a contar qué está pasando? —me preguntó, levantando una ceja—. ¿O tendré que esperar a leerlo en el periódico como el resto de River Heights?

Sofoqué una sonrisa.

—Perdona. La cabeza me va a mil por hora —me disculpé—. Lo creas o no, me han surgido dos casos esta tarde.

Le conté rápidamente lo del chafacalabacines y lo del robo en casa de Simone. Ned me escuchó atentamente, sin decir nada hasta que acabé. Se reclinó en la silla y dijo:

—Qué raro. ¿Alguna teoría sobre quién puede estar detrás de los delitos?

—Bueno, el caso de los calabacines parece estar lleno de indicios y pistas ahora que todo el mundo habla de ellos, pero nadie tiene un móvil real —respondí—. Y el caso del huevo Fabergé cuenta con un móvil evidente: ese huevo tiene que valer una millonada. Pero no hay ni pistas ni indicios. Créeme, casi cualquier persona de la ciudad podría haber cometido cualquiera de los dos delitos. La puerta de la casa de Simone estaba abierta de par en par cuando le quitaron el huevo y, obviamente, el huerto del señor Geffington no es exactamente Fort Knox. En ambos casos, han aprovechado el momento perfecto.

—Buena apreciación —comentó Ned—. Pero el momento perfecto puede ser muy traidor. Incluso en mitad de la noche, puede que alguien estuviera mirando por la ventana y viera a quien pisoteó las verduras del huerto. Y el ladrón del huevo aún se arriesgó más al meterse en la casa a plena luz del día. No tenía modo de saber si podía regresar alguien y sorprenderlo.

—Es cierto. De hecho, los chicos franceses creen que estuvo a punto de pasar eso. —Arrugué el entrecejo. Algo de lo que había dicho Ned me hizo pensar en otra cosa—. Si no es, claro, que esa persona sabía exactamente dónde estaba todo el mundo. O no le importaba que la encontraran en la casa.

—¿Qué quieres decir? —Ned jugaba con el tenedor, dando golpecitos suaves en el vaso de agua—. ¿Crees que fue un asunto interno? —Ned no se mete en los misterios igual que yo, pero le sobra inteligencia para seguirme cuando me encuentro en plena formulación de hipótesis.

—Puede que sí —admití—. Los chicos no han dicho en ningún momento que volvieran todos a la vez de su paseo por el vecindario. De hecho, han dicho que un par de ellos entró en la casa (Jacques y René, creo), mientras los otros dos todavía estaban fuera. Y, según han dicho, Simone llegó antes que todos los demás. —Se me hacía difícil imaginar a la preciosa, agradable e inteligente Simone en el papel de ladrona, pero cosas más extrañas se han visto. Si el huevo estaba asegurado, le darían un buen montón de dinero por su desaparición.

—Podría ser alguien de fuera que simplemente viera la oportunidad y se lanzara al ataque —comentó Ned—. Pero me parece que tendrías que hablar un poco más con Simone y esos chicos.

—Sin duda —repliqué—. Todavía no voy a descartar lo del desconocido que pasaba por allí, pero es demasiada coincidencia que los amigos de Pierre llegaran sólo una o dos horas antes de que robaran el huevo. Me encantará poder hablar con ellos y observarlos durante la fiesta de mañana por la noche.

—¿La fiesta? —repitió Ned, mientras yo recordaba que se me había olvidado decirle lo de la cita.

Sin embargo, antes de que pudiera contárselo, sonó otra voz justo detrás de mi hombro derecho.

—¿Una fiesta? ¿Qué fiesta?

6

MOTIVOS CONFUSOS

Levanté la vista y vi a una bonita muchacha de pelo oscuro detrás de mí. Y suspiré.

—¡Hola, Deirdre! —dije.

Deirdre Shannon tiene mi edad y su padre también es un conocido abogado de la ciudad. Nos conocemos de toda la vida. Aparte de eso, ella y yo no tenemos demasiado en común. A mí me gusta buscar siempre la parte buena de la gente, hasta en los delincuentes a los que atrapo. Pero, por lo que a mí respecta, en Deirdre no hay demasiada parte buena, aunque Bess seguramente sugeriría que su ropa es buena y, como Deirdre parece más preocupada por su armario que por la mayoría de la gente, seguramente se lo tomaría como un cumplido.

Ahora la tenía de pie al lado de nuestra mesa, taponando completamente el pasillo del repleto restaurante, sonriendo con cierto flirteo a Ned como si su novio número 37 no estuviera justo a su lado. Cada vez que la veo lleva un chico nuevo del brazo, por lo que sería una pérdida de tiempo intentar retener los detalles de cada uno.

—Nancy —replicó Deirdre con frialdad, antes de girarse hacia Ned con una brillante sonrisa—. ¡Hola, Ned! ¿He oído que vais a una fiesta este fin de semana? ¿Algo divertido que yo tenga que saber?

Ned se encogió de hombros.

—Lo siento, Deirdre, no es de esa clase de fiestas —respondió Ned, educadamente—. Es sólo una tertulia de presentación de una vecina de Nancy.

—¡Ah! —Deirdre parecía haber perdido todo interés, pero entonces se le iluminó la cara—. Espera, no estaréis hablando de esa chica francesa de la que he oído hablar tanto, ¿no?

—Sí, Simone es francesa —dije—. ¿Qué es lo que has oído decir? —normalmente no escucho los chismes de Deirdre, porque suelen ser completamente triviales o exageradamente imprecisos, pero conoce a mucha gente y, de vez en cuando, saca alguna información útil. Una buena detective tiene que buscar pistas donde sea.

El novio número 37 se aclaró la garganta:

—Creo que ahí hay una mesa libre, Deirdre —dijo.

—Un minuto —replicó Deirdre con impaciencia y sin molestarse en mirarlo. Se inclinó sobre la mesa, acercándose tanto a Ned que la manga transparente de su blusa de seda rozó el brazo de mi novio—. Bueno, es sólo un rumor, claro... —dijo ilusionada, bajando un poco el tono de voz—. Pero he oído decir que se marchó de Francia porque el gobierno la echó de allí por estar psicológicamente desequilibrada y ser un peligro público.

—¿Qué? —exclamé con escepticismo—. Yo no he oído nada de eso.

Deirdre se encogió de hombros y se echó los rizos oscuros hacia atrás.

—Pues, lo creas o no, hay algunas cosas en el mundo que ni siquiera tú, Nancy Drew, has oído decir —añadió—. De todos modos, me has preguntado qué había escuchado y ya te he contestado. ¿Qué quieres ahora?

—Vale, vale, sigue —dije en tono conciliador, intentando evitar un estallido público de Deirdre Shannon. Además de sus otras encantadoras cualidades, tiene el malhumor de un chihuahua con exceso de cafeína—. ¿Hay algo más?

—Uy, no sé —Deirdre parecía perder interés en el tema—. Hay algo sobre la mafia rusa, pero creo que eran sólo especulaciones.

"A diferencia del resto de tus meticulosamente comprobados hechos", pensé, pero no lo dije en alto. Deirdre no tolera demasiado bien el sarcasmo.

—Deirdre —volvió a intervenir el novio número 37, esta vez más impaciente—. Venga, ¿no nos vamos a sentar? Me muero de hambre.

Deirdre soltó un sonoro suspiro y levantó los ojos al cielo.

—Venga, vale —ladró—. Vamos a sentarnos —añadió. Y con una última sonrisa para Ned, se arregló el pelo y se dio media vuelta.

Tan pronto como Deirdre y su cita estuvieron sentados lo bastante lejos para no oírnos, Ned me dedicó una sonrisa socarrona.

—Me tranquiliza ver que su largo e indestructible archivo de bonitos chismorreos inútiles sigue en pie —bromeó.

—Sí. Junto con su largo e indestructible gusto por ti —me guaseé yo.

Ned hizo como que hinchaba sus bíceps.

—Eh, ¿qué quieres que te diga? Soy irresistible —me vaciló él.

Sonreí. Deirdre había perseguido descaradamente a Ned desde el instituto. Se había convertido en una especie de broma recurrente entre mis amigos.

Pero entonces me puse seria.

—¿No crees que podría haber algo de verdad en lo que ha dicho?

—¿Quieres decir en eso de la mafia rusa? —tanteó Ned, bebiendo un sorbo de agua—. No lo sé, pero ¿qué relación tendría, a menos que hubieran trasladado su cuartel general a River Heights y hubieran declarado el toque de queda sobre todos los calabacines de la ciudad?

—No, no en esa parte. En la otra. En lo del desequilibrio mental de Simone. No es que crea que la hayan echado de verdad del país, pero...

—Pero te estás preguntando si hay algo de verdad en la historia —terminó Ned por mí.

Le sonreí.

—Exacto. Simone es muy dulce y odio tener que pensar mal de ella, pero quizá debería vigilarla más de cerca en esa fiesta.

Eso me recordó que todavía no le había contado a Ned lo de la fiesta. Le di los detalles y me prometió que vendría conmigo. Entonces vimos que Susie Lin se abría paso hacia nosotros con una bandeja llena y dejamos los misterios de lado para concentrarnos en hincar el diente a nuestra comida.

A la mañana siguiente, casi me olvidé por unas horas de los dos misterios que estaba intentando resolver. El albergue de animales de River Heights en el que trabajo de voluntaria una mañana al mes siempre está a tope los sábados, pero aquel día era un caos. Viene gente de toda la ciudad y de los condados de alrededor para adoptar perros y gatos, y de vez en cuando también algún conejo o algún conejillo de Indias. Me pasé toda la mañana corriendo y rellenando papeles, limpiando jaulas de gatos, regando los cercados de los perros y respondiendo a las preguntas de la gente. No tuve tiempo para pensar en nada más.

Pero tan pronto como me fui para casa, me vinieron a la cabeza los acontecimientos del día anterior. La fiesta de Simone no empezaría hasta al cabo de unas seis horas y no quería esperar tanto para volver a meterme en la investigación.

Encontré a Hannah en la cocina, fregando un cazo en la pica.

—Hola, Nancy —me saludó, girándose y secándose las manos con el trapo de los platos—. ¿Cómo ha ido hoy el albergue?

—Bien —contesté—. Hemos dado once gatos y siete perros y medio en adopción.

—¿Siete y medio? —repitió Hannah, sorprendida.

Sonreí.

—La familia Harrison ha escogido el perro que les gusta, pero la semana que viene se van fuera un par de días, o sea que volverán a recoger su nueva mascota el fin de semana que viene.

—Ah, eso está bien —dijo Hannah—. He hecho unos chiles con tomate y judías que Evaline Waters nos dio de su huerto. ¿Quieres un plato para comer?

—Sí, gracias, Hannah. Suena genial.

Me dirigí al armario a coger un vaso mientras Hannah sacaba una sopera de la nevera. Unos minutos más tarde, estaba sentada ante la mesa de roble redonda de la cocina con un plato caliente de chiles y un vaso de leche fría.

—¿Tú no comes? —le pregunté.

Hannah volvió a meter la sopera en la nevera y se volvió hacia mí.

—Ya he comido antes con tu padre —dijo—. Tenía una reunión en el centro esta tarde, así que hemos comido antes de que se fuera.

—Ah. —Me decepcioné un poco al oír que papá no estaba en casa. Me hubiera gustado discutir mis casos con él. Pesqué una cucharada de chiles ardiendo, y soplé antes de metérmela en la boca—. ¡Mmm, este chile está delicioso, Hannah! —Tomé otra cucharada—. ¿Ha llamado alguien mientras yo no estaba?

—Sólo Bess —dijo Hannah—. Quiere que la llames por algo de vestirse para una fiesta. Creo que quería venir por aquí y quería saber a qué hora estarías en casa.

—Vale, gracias.

Le conté a Hannah lo de la fiesta para que no me esperara para cenar. Mientras ella se ponía en marcha y se encargaba de la colada, yo acabé de comer y dejé los platos en el lavavajillas. Después salí al pasillo, pensando en lo que iba a hacer a continuación.

Me miré el reloj. Todavía quedaban unas horas para la fiesta. Contaba con descubrir un montón de cosas en esa fiesta, pero eso no significaba que fuera a malgastar el resto de la tarde.

Así pues, entré en la sala de estar, descolgué el teléfono y marqué un número muy conocido. Sólo sonó una vez.

—Hola —contestó una voz femenina y fresca—. Departamento de policía de River Heights. ¿En qué puedo ayudarle?

—Hola, Tonya —dije—. Soy Nancy Drew.

—Ah, hola, Nancy. ¿Qué puedo hacer hoy por ti?

Tonya Ward es la recepcionista de la comisaría de policía. Es eficiente, lista y tenaz. Y para mí, también es una amiga muy útil, porque su jefe, el jefe McGinnis, no siempre está encantado de toparse con mis investigaciones de aficionada.

—¿Está el jefe? —le pregunté.

—Espera un segundo; lo compruebo.

La línea quedó en silencio unos segundos. Después, volvió a saltar y habló una voz distinta:

—¿Diga?

—Hola, jefe McGinnis —saludé—. Soy Nancy Drew.

—Sí, eso me han dicho. —El jefe parecía algo fastidiado—. ¿Qué pasa, Nancy?

Me cambié el auricular a la otra oreja y me hice con un boli por si necesitaba tomar notas.

—Me preguntaba si había descubierto algo del caso Valinkofsky durante su investigación de ayer.

—Sí. Que te nos habías adelantado en la escena del crimen —contestó, muy seco. No había añadido la expresión *de nuevo*, pero sabía que lo estaba pensando. Ahora me tocaba tener mucho tacto.

—Bueno, como sabe, Simone vive a un par de manzanas de mi casa —expliqué brillantemente—. Sólo fui a darle un poco de apoyo moral, de verdad...

—Ya... —El jefe no parecía convencido.

Me aclaré la garganta y seguí:

—De todos modos, eché un vistazo rápido por allí. Pero no parecía que hubiera pistas obvias. Ya sabe, la casa estaba abierta y la llave de la caja de cristal estaba casi a la vista, o sea que si no había huellas dactilares o algo...

—Vale, vale —dijo el jefe McGinnis con un suspiro—. Me hago cargo, Nancy. No, no encontramos huellas en ninguna parte de la sala. Sólo las de la señorita Valinkofsky y sus invitados. Ah, y las tuyas y las de las otras dos mosqueteras, claro. En la caja de cristal no había ninguna huella.

—Interesante —dije—. Gracias, jefe. ¿Alguna otra pista que yo no detectara?

—Desafortunadamente, no —contestó el jefe—. Tal como has dicho, no hay mucho por donde empezar. Estamos comprobando los lugares habituales donde pueden aparecer este tipo de objetos y también estamos en contacto con otras ciudades de los dos lados del río. —Casi pude escuchar cómo se encogía de hombros ante el teléfono—. Pero, sinceramente, no tengo demasiadas esperanzas. Probablemente, esa cosa ya esté a medio camino de la Costa Este o de Europa o de cualquier otro sitio.

—Bueno. Gracias de nuevo, jefe —repliqué—. No quiero entretenerle más, pero si descubre algo más...

—Tú serás la primera persona no relacionada con el caso ni con la ley a quien llame —acabó el jefe con un ligero toque de sarcasmo en la voz—. Adiós, Nancy. Recuerdos a tu padre.

—Adiós.

Colgué el teléfono y me quedé allí plantada un instante, pensando en lo que acababa de escuchar. Ninguna huella. ¿Significaba eso que la teoría del asunto interno era cierta? ¿O quizá sólo significaba que el ladrón había ido con cuidado para no dejar huellas? Había oído decir que algunos coleccionistas ricos se obsesionaban con ciertos artículos por encima de todo. ¿Y si alguno de ellos había oído hablar del huevo Fabergé de Simone, una reliquia familiar que muy probablemente ella se negaría a vender, y se había empeñado en conseguirlo por cualquier medio? Alguien así probablemente contrataría a un ladrón profesional para que entrara en la casa y robara única y exclusivamente el huevo. Por eso, ninguna otra cosa de la casa habría tenido interés para él.

Sacudí la cabeza. Esa teoría parecía demasiado rebuscada. En todos los años que llevo observando los casos de papá y resolviendo algunos propios, he aprendido que la solución más obvia suele ser la correcta.

Pero, en este caso, ¿cuál era la solución más obvia? No estaba segura. Parecía haber dos teorías principales. La primera era que alguien se hubiera encontrado la casa abierta, hubiera visto el huevo, lo hubiera robado y se hubiera llevado un susto antes de poder llevarse nada más. La segunda era que hubiera sustraído el huevo alguien de la casa (Simone, su sobrino o alguno de sus amigos).

La fiesta a la que iba a ir luego podía decirme mucho sobre la segunda posibilidad, me dije, volviendo a mirar el reloj. Pero mientras tanto, quizá sería mejor seguir el hilo de la primera posibilidad y hablar con algunos de los vecinos de Simone. Hasta podía utilizar el caso de los calabacines como excusa para que la gente hablara y, luego, les podría preguntar también si habían visto u oído algo del caso de Simone.

Todavía estaba mirando el teléfono cuando empezó a

sonar, sobresaltándome y apartándome de mis pensamientos. Me acerqué y descolgué.

—¿Diga?

—¡Nancy! —me gritó al oído la voz familiar de Bess—. ¡Tengo una noticia terrible!

7

BUSCANDO PISTAS

Se me aceleró el corazón ante el pánico que denotaba la voz de Bess.

—¿Qué ocurre? —exclamé—. ¿Qué ha pasado, Bess? ¡Dime! ¿Alguien está herido?

—Ah, no, no es nada de eso —respondió Bess, con cierta vergüenza—. Mmm, perdona por parecer tan preocupada, pero es que mi madre me acaba de pedir que me quede con Maggie un par de horas, la pobre cría tiene un horrible virus estomacal, o sea que seguramente no podré ir a ayudarte a escoger la ropa y prepararte para la fiesta.

Lentamente, mi corazón volvía a su ritmo normal. Para Bess, no hay peor emergencia que la relacionada con la moda.

—Creo que me las apañaré —le dije—. E intentaré no avergonzarte.

Bess soltó una risilla.

—Perdona otra vez por haberte asustado —insistió—. ¿Qué vas a hacer esta tarde?

Le hice un resumen de mis razonamientos sobre el caso de Simone.

—Así que seguramente vaya a hablar con algunos vecinos más —continué—. De ese modo podré ver si alguien sabe algo del huevo desaparecido mientras busco pistas sobre la identidad del chafacalabacines.

Bess y yo charlamos del caso unos minutos más y, entonces, su madre la llamó y se tuvo que ir.

Cuando colgué el teléfono, no pude evitar sentirme aliviada por el hecho de que Bess no pudiera venir a jugar a la asesora de imagen. Eso me dejaría más tiempo para continuar con mis investigaciones.

En las siguientes horas, visité media docena de casas de Bluff Street. Escuché todos los detalles de las piedras de los riñones del señor Carr, vi algunos vídeos caseros que habían grabado los Newberg en su reciente viaje a Las Vegas, y pude admirar el nuevo enmoquetado de los Winter. Pero, desgraciadamente, no descubrí nada útil para mis casos, salvo que otras plantaciones de calabacines habían sido víctimas del vandalismo en los últimos días. De vuelta a casa, me puse a pensar en ello mientras me metía en la ducha para prepararme para la fiesta.

¿Por qué iba a querer alguien pisotear sólo los calabacines? No paraba de pensar en eso mientras regulaba el agua de la ducha. ¿Por qué no los tomates, o las judías o las cebollas? ¿Por qué sólo los calabacines?

Pensar en eso me hizo recordar también el otro caso. ¿Por qué iba alguien a entrar en casa de Simone para robar sólo el huevo Fabergé? Era consciente de que probablemente era el objeto más valioso de la casa, pero había otras cosas que, sin duda, también valían lo suyo. Un ladrón profesional, o un aficionado pagado para robar, no hubiera pasado por alto los demás objetos. Al menos eso me parecía a mí. Aunque uno de esos tipos hubiera entrado por el huevo, se habría acabado metiendo los brazaletes en el bolsillo o se habría llevado alguno de los óleos pequeños o cualquier otra cosilla.

Volví a pensar en mi teoría del coleccionista de arte obsesionado, pero seguía pareciendo tan poco probable como antes.

Cuando me di cuenta de que estaba absolutamente absorta bajo el chorro de la ducha, cerré el agua, con la esperanza de haber recordado enjabonarme el pelo. Al salir de la ducha, me sequé y me enfundé mi albornoz preferido y mis zapatillas de pelusilla rosa.

Al entrar en mi alegre dormitorio empapelado en blanco y amarillo, mi mente volvió al misterio del huevo desaparecido. Cada vez estaba más convencida de que aquel caso no era para nada un robo común. Cuanto más pensaba en ello, más plausible me parecía que alguien de la casa se hubiera hecho con la reliquia. Cualquier otra teoría significaba fiarse demasiado del azar.

Pero aun aceptando esa presunción, se me planteaban un par de preguntas importantes: ¿Quién de todos los de la casa había robado el huevo? Y ¿por qué?

Sabía que quizá podría encontrar la respuesta a esas dos preguntas en la fiesta de la noche, para la que ya sólo faltaba una hora. Pero quería estar preparada, así que me senté en mi escritorio y puse en marcha el ordenador. Era hora de hacer unas cuantas indagaciones.

Cincuenta minutos más tarde, había encontrado todo lo que necesitaba saber de los huevos Fabergé. Leí que Alejandro III, zar de Rusia, había encargado uno de esos huevos como regalo de Pascua para su esposa, la zarina

María, y que el hijo de Alejandro, el zar Nicolás II, había seguido la tradición tras la muerte de su padre, regalando cada año un nuevo huevo a su madre, y otro a su esposa. El conocido joyero Peter Carl Fabergé había trabajado muy duro cada año para crear preciosos huevos, únicos e intrincados, utilizando oro, plata, piedras preciosas y semipreciosas, y técnicas coloristas de esmaltado. La revolución rusa y el trágico fin de la familia real Romanov truncaron para siempre la tradición imperial de los huevos. Se habían hecho cincuenta y seis, y actualmente sólo se conocía el paradero de cuarenta y cuatro de ellos.

Mientras examinaba una página web con fotos de varios huevos imperiales, vi la hora que era en la esquina inferior derecha de la pantalla. De repente me acordé de que Ned vendría a recogerme en unos diez minutos.

—Vaya —dije, apagando rápidamente el ordenador.

Me convertí de repente en una versión rosa y rubia del diablo de Tasmania, corriendo por la habitación para arreglarme. Rebusqué en mi armario hasta que encontré una blusa y una falda que Bess me había ayudado a escoger en nuestra última salida de tiendas. La falda era algo estrecha, pero estaba bien... Además, no quería perder el tiempo buscando otro atuendo.

Entonces corrí de nuevo al baño. Tenía el pelo, que me llega por encima del hombro, casi seco, o sea que con unos minutos de secador y un cepillo quedó bastante bien. Me estaba poniendo un poco de sombra de ojos cuando escuché que se paraba un coche fuera. Al asomarme a la ventana, empeño en el que casi me mato intentando correr con mi ajustadísima falda, vi que Ned aparcaba en la acera.

Justo cuando Ned salía del lado del conductor, abrí la ventana.

—Espera, ¡ya voy! —grité.

Él me miró y me levantó el pulgar. De nuevo consideré por un segundo cambiarme la falda, pero decidí que tardaría demasiado. Así que me obligué a caminar como una señorita mientras agarraba el bolso y salía de mi habitación para bajar las escaleras.

Fuera encontré a Ned esperándome en la acera.

—Bueno, ya estoy lista —dije sin aliento. En aquel momento, en que ya me había acostumbrado a caminar dentro de aquella falda recta y estrecha, pude coger un poco de velocidad para correr hacia él—. Vamos. ¿Quieres ir en coche o andando?

Ned miró la parte inferior de mi cuerpo. Al principio, pensé que sólo estaba sorprendido de verme con falda. No recordaba la última vez que me había puesto una, e imaginé que él tampoco. Pero entonces me señaló los pies.

—Si vas a ir con eso, será mejor que vayamos en coche —dijo.

—¿Eh? —Miré hacia abajo. ¡Todavía llevaba las zapatillas de pelo rosa!

—Uf —dije, sonrojándome violentamente ante la risa de Ned—. Supongo que será mejor que me las cambie.

—Uy, no sé —bromeó Ned con otra risilla en los labios—. Podrías inaugurar una nueva moda: la moda soñolienta.

Le di un empujoncillo juguetón.

—Muy gracioso —dije—. ¡Y ni te atrevas a contárselo a Bess!

Unos minutos después, yo ya llevaba zapatos y Ned estaba aparcando el coche junto a la acera de delante de la casa de Simone. Nada más salir, vimos que el coche de Bess venía hacia nosotros. Esperamos que Bess y George aparcaran y nos encaminamos los cuatro hacia la puerta de entrada.

Cuando nos abrió la puerta, Simone lucía una encantadora sonrisa y una elegante falda de seda.

—¡Hola! —exclamó. Parecía encantada de vernos—. Nancy, George, Bess, estoy encantada de volver a veros. ¡Y tú debes ser el novio de Nancy! —añadió, sonriendo a Ned.

—Ned Nickerson —se presentó Ned, dándole la mano—. Gracias por invitarme.

—Gracias por venir, Ned —dijo Simone amablemente, aceptando su mano—. Yo me llamo Simone Valinkofsky. Los amigos de Nancy son mis amigos. Estoy segura de que te habrá contado que ayer tuve un buen susto, y ella me ha dado mucho apoyo.

Había pensado esperar un poco antes de tocar el tema del robo, pero ya que Simone lo había abierto, pensé que era el momento de lanzarme.

—¿Has tenido noticias del huevo? —le pregunté.

Simone sonrió con tristeza.

—Desgraciadamente, no —contestó—. La policía dice que lo están buscando, pero que no debo esperar ningún milagro. Todavía tengo la esperanza... ¡Uy, pero si os tengo de pie en la puerta! Pasad, pasad. Los chicos nos esperan dentro.

Pierre y sus tres amigos estaban en la sala de estar, que se había transformado en un perfecto salón de fiesta con velas centelleantes y bandejas de sabrosos manjares. En el equipo sonaba música francesa y Thèo bailaba alegremente ante la chimenea como una especie de animadora. René y Pierre lo miraban y se reían, mientras picoteaban patatas. El único que no parecía divertirse era Jacques. Estaba sentado en el sofá de piel que había en un rincón de la sala, mirando embobado al vacío. Un vaso de refresco descansaba en una mesa que tenía al lado, aparentemente inmaculado.

Cuando se percataron de nuestra llegada, los cuatro muchachos —incluido Jacques— corrieron hacia nosotros para saludarnos. Simone presentó a Ned y los chicos le saludaron educadamente, aunque todos parecían mucho más interesados en saludar a Bess. Tengo que admitirlo, esa noche, Bess estaba especialmente deslumbrante. Llevaba un vestido azul cielo que realzaba su preciosa figura y el color melocotón de su piel. Pronto se convirtió en el centro de una multitud de admiradores.

Mientras Ned charlaba con Simone, elogiando su casa, George y yo fuimos a servirnos un refresco.

—Simone parece muy contenta para haber sido víctima de un robo —comentó George en voz baja.

Yo asentí, pues había reparado en lo mismo.

—No sé, quizá simplemente está poniendo al mal tiempo buena cara porque es la anfitriona —apunté—. Seguramente no querrá andar alicaída y hacer que todos nos sintamos mal.

George se encogió de hombros.

—Puede —dijo—. O puede que no esté tan triste porque sabe que el seguro le pagará una buena indemnización. Eso le solucionaría gran parte de sus gastos de traslado.

—Igual sí —admití, tomando un puñado de frutos secos de un cuenco de plata—. Pero ni siquiera sabemos con seguridad si el huevo estaba asegurado. Supongo que será mejor que intente averiguarlo.

Me di media vuelta y me dirigí hacia Simone y Ned, casi tropezando de nuevo por culpa de la estrechez de la falda. Ned vio mi percance y era evidente que se estaba aguantando la risa. Si Simone también lo había visto, no dio muestras de ello.

—Espero que te estés divirtiendo, Nancy —me dijo sinceramente, mientras Ned se excusaba para ir a buscar algo para beber—. Lo que he dicho antes iba en serio; ayer me serviste de apoyo después del robo.

—Gracias, pero no fue ninguna molestia —le aseguré—. Me gustaría preguntarte algo más sobre eso, si no te importa.

—Por favor, pregúntame lo que quieras —respondió inmediatamente—. Llegados a este punto, me parece que tú eres mi única esperanza de recuperar mi querida reliquia. La policía cree que ha desparecido para siempre: "sin rastro", según dijeron.

Me aparté a un lado y dejé mi refresco en una mesita. En realidad, no quería deshacerme del vaso, sólo quería colocarme mejor para ver si la expresión de Simone se transformaba al hacerle mi siguiente pregunta.

—Ya sé que esa reliquia tuya nunca podrá ser reemplazada —empecé—, pero me preguntaba si tenías algún seguro especial para cubrir una pieza tan valiosa.

Simone pareció algo sorprendida ante la pregunta, pero no vi ningún rastro de nada más.

—Es una pregunta curiosa —dijo—. El huevo estaba asegurado en Francia, por supuesto. Pero la póliza expiró justo antes de que me trasladara y tenía previsto reasegurarla aquí con una compañía norteamericana. En realidad, tenía cita con el tasador el lunes por la tarde. —Se encogió de hombros, con una expresión incómoda en la cara—. Supongo que ahora tendré que anular la cita.

Le di una palmadita en el brazo.

—Siento haber sacado el tema —me disculpé—. No quería entristecerte.

—No seas tonta, Nancy —sonrió ampliamente—. Tú no me entristeces. Ha sido el ladrón.

En ese preciso momento, Pierre se acercó corriendo porque quería que Simone le ayudara con algo del horno, así que yo me alejé para emplearme con uno de los buñuelos de calabacín que había identificado en una de las mesas de al lado. Supuse que serían los del restaurante de Susie Lin. Sin duda, el que probé sabía tan bien como todos los platos de Susie.

Me pregunté cómo podía alguien pisotear unos calabacines que podían convertirse en una delicia como aquélla. Mientras relamía discretamente un poco de rebozado que me había quedo en los dedos, mi mente volvió por un instante a mi otro caso.

Echando un vistazo a la sala, vi que uno de los chicos franceses, René, había convencido a Bess para bailar con él. Habían hecho sitio cerca de la chimenea y ambos reían estrepitosamente mientras bailaban una especie de swing que parecía tener muy poco que ver con la canción que sonaba en ese momento. Entretanto, Pierre había salido de la cocina y hablaba con Ned y George, mientras Thèo rebuscaba entre un montón de CD apilados al lado del equipo estéreo.

"Bueno, como todos los demás están ocupados, supongo que tendré que hablar primero con Jacques", me dije. "Sólo hay un problema: ¿dónde está Jacques?"

Volví a mirar a mi alrededor, pero al joven alto y delgado no se le veía por ninguna parte. Encogiéndome de hombros, me dirigí hacia Thèo.

—¡Hola! —dije—. ¿Estás disfrutando de tu visita a River Heights?

Thèo me miró. A tan corta distancia, no pude evitar percatarme de la inteligencia que emanaba de sus ojos castaños.

—Mucho, *Mademoiselle* Nancy —dijo con su marcado acento francés—. Es una ciudad de lo más agradable, con gente encantadora. Menos una persona, claro está: el que ha robado el magnífico huevo de nuestra querida Simone.

—Sí, es un desastre —dije, manteniendo el tono de voz lo más desenfadado posible—. Una reliquia familiar tan bonita... Cuesta imaginarse quién podría haber robado una cosa así.

—No tanto —replicó Thèo encogiendo los hombros—. Es una obra de arte muy valiosa, algo que muchos podrían codiciar. Incluso en París, siempre me he preguntado por qué Simone no ponía más empeño en protegerlo.

—Supongo que mucha gente piensa que su casa es segura, aunque no sea así —comenté—. Muchos delincuentes se aprovechan precisamente de eso.

—Cierto, cierto —admitió Thèo—. Bah, pero basta de cosas tristes. —Dejó los CD de lado, se puso en pie y me ofreció la mano—. ¿Me concederías el honor de bailar conmigo, adorable Nancy? Estoy seguro de que a tu novio no le importará que me dediques sólo un baile, ¿verdad?

Me sonrojé un poco. Aunque no soy exactamente la

fea del baile, tampoco estoy acostumbrada a que franceses guapos y encantadores me adulen con sus cumplidos.

—Supongo que no le importará —accedí, tomándole la mano.

Nos unimos a René y a Bess en la minúscula "pista de baile", donde pronto se nos unieron Pierre y George. Thèo era un bailarín excelente y había cambiado la música francesa por uno de mis CD favoritos. Ned me observó durante unos minutos, dando golpecitos en el suelo al ritmo de la música y sonriendo. Cuando cambió la música, se acercó y dio una palmadita en el hombro de Thèo.

—Disculpa, ¿puedo interrumpir? —dijo.

Thèo hizo una reverencia, fingiendo una mirada de fuerte decepción.

—Ah, sabía que este mágico momento era demasiado bueno para durar demasiado —respondió, poniendo mi mano en la de Ned.

Yo me sonreí, sintiéndome muy popular. Pero mientras Ned y yo bailábamos, me di cuenta de que mi mente estaba volviendo al caso. Tenía que recordar que aquella fiesta no era sólo para pasárnoslo bien. Tenía trabajo.

Cuando Simone salió de la cocina con una bandeja llena de pastelitos calientes acabados de sacar del horno, se acabó el baile y todo el mundo corrió a probar una de esas tentaciones de delicioso aroma. Mientras soplaba el mío para que se enfriara, me encontré de pie al lado de la chimenea con el sobrino de Simone.

Vi que Pierre estaba mirando la caja de cristal vacía que antes había albergado el huevo Fabergé. Alguien había cerrado la tapa, pero, por lo demás, estaba igual que la tarde anterior.

—Me pregunto si la policía habrá dado con alguna nueva pista sobre vuestro caso —comenté como quien no quiere la cosa.

Pierre me miró.

—No me jugaría nada —dijo—. Los policías que vinieron aquí parecían muy pesimistas. No creo que tengan demasiadas esperanzas de encontrar el huevo.

—Ya, bueno, siento que el ladrón haya arruinado el buen humor que reinaba en el traslado de Simone a la ciudad —confesé—. Y también es una pena que tuviera que pasar nada más llegar tus amigos. Es una extraña coincidencia, ¿no?

Pierre frunció el ceño.

—¿Qué intentas decir, Nancy? —preguntó, elevando el tono con repentina rabia. Justo cuando habló, se terminó la canción que sonaba, haciendo que sus palabras se dejaran oír en aquel silencio momentáneo—. ¿Estás acusando de algo a mis amigos? Al fin y al cabo, también se podría tener en cuenta que tú y tus amigas erais las únicas de River Heights que sabíais que aquí había un huevo. ¿Qué debería impedirnos pensar que lo ha robado una de vosotras?

8

UNA FIGURA EN LA PENUMBRA

Simone soltó un grito sofocado.

—¡Pierre! —gritó—. ¿Cómo te atreves a hablar así a nuestros invitados? Nancy y sus amigos son los únicos amigos que tenemos en la ciudad. ¿Cómo puedes acusarlos de algo así?

—Lo siento —se disculpó inmediatamente Pierre, aparentemente abatido. Dio una palmadita y siguió—: Por favor, Nancy y todos vosotros, aceptad mis disculpas. He hablado sin pensar; sólo intentaba defender a mis amigos.

El resto de la sala parecía francamente incómodo.

—Qué manera de cargarse una fiesta, *mon ami* —dijo René a Pierre, medio bromeando.

Pierre sacudió la cabeza.

—De veras, he hablado sin pensar —insistió, tomándome la mano y mirándome suplicante—. A veces me ocurre. Nancy, por favor, di que me perdonas.

—Por supuesto —le dije—. No te culpo por defender a tus amigos. Yo haría lo mismo, pero de verdad que no pretendía acusarlos de nada.

Me hubiera pegado a mí misma. Un diez para mi investigación encubierta; al cuestionar a los chicos, me había cargado cualquier posible sutileza. En adelante, tendría que ir con más cuidado. Si el verdadero ladrón estaba en la sala conmigo en ese momento, seguro que ahora iría con mucho más cuidado.

Mientras Pierre se volvía para disculparse con Bess y George, reparé en que Jacques había regresado de donde fuera que hubiera estado escondido. Observaba lo que sucedía con una expresión curiosa en el rostro, algo a medio camino entre la confusión y la indigestión.

—¿Volvemos a ser todos amigos? —preguntó Pierre a la sala, interrumpiendo mis pensamientos—. Por favor, decid que sí o jamás me lo perdonaré.

—No seas tonto. —Bess se acercó a él y le puso una mano en el brazo, obsequiándolo con su sonrisa más coqueta—. Y ahora deja de disculparte y baila conmigo, ¿vale? Porque si no, René insistirá y mis pies ya no aguantan más.

René rompió a reír y Pierre se le unió. En unos segundos la fiesta volvía a ser una fiesta, y yo solté un suspiro de alivio.

Ned se me acercó.

—Ha sido interesante —me susurró al oído—. ¿Crees que ha hablado una conciencia culpable?

—No lo sé —admití—. Pudiera ser. O igual ha sido la respuesta de un amigo irascible pero leal. Casi acusé a sus amigos de haber robado el huevo, o al menos él podía haberlo interpretado fácilmente de ese modo.

—Supongo. —Ned parecía pensativo—. Aun así, ha sido una reacción bastante exagerada.

No podía dejar de estar de acuerdo con él.

—Definitivamente, da qué pensar —dije—. Aunque, cuanto más conozco a Pierre, más convencida estoy de que es simplemente una persona emocional e impulsiva. Al fin y al cabo, fue él quien decidió invitarnos a una fiesta cuando no hacía ni treinta segundos que nos conocía.

Ned se rió e hizo un gesto hacia la cocina.

—Tengo sed con tanto baile —dijo—. Me parece que iré a por otro refresco. ¿Te traigo algo?

Mi mirada se paseó en dirección a Jacques, que desaparecía por el pasillo de delante.

—No, gracias —contesté—. Creo que iré a ver qué se traen entre manos los demás sospechosos. Pero esta vez intentaré no acusarlos de nada hasta que tenga más pruebas.

Ned se sonrió y se fue hacia la cocina, mientras yo atrapaba a Jacques en el pasillo que llevaba a la puerta principal.

—Nancy —dijo al verme—. ¡Hola! ¿Os estáis divirtiendo en la fiesta tu novio y tú?

—Mucho —respondí con una sonrisa—. ¿Y tú? No estarás tratando de escaquearte de nosotros, ¿no?

Jacques se rió, aunque no pude evitar percibir que parecía algo nervioso.

—No, no, no, ni mucho menos —dijo—. Es sólo que he salido un momento. A pensar. Aquí se está más tranquilo.

—¿En qué estás pensando? —Era una pregunta cargada de intención. En realidad, podía estar pensando en la paz mundial, en el tiempo o en que se había olvidado de recortarse las uñas de los pies... Pero mi querido sexto sentido volvía a agitarse y, de algún modo, me hacía sospechar que el comportamiento de Jacques tenía algo que ver con el caso.

Jacques parpadeó, sorprendido.

—¿Que en qué estoy pensando? —preguntó—. Pues, ven al porche y te lo cuento. Me... Me parece que necesito un poco de aire fresco.

—Vale. —Le seguí ansiosa a través del umbral para salir al leve crujido de los tablones del amplio porche principal.

Una vez fuera, Jacques tomó varias bocanadas del templado y agradable aire de la noche.

—Ah, esto está mucho mejor —comentó, mirando fijamente las casas del otro lado de la calle—. ¡Qué tarde tan bonita!

Estuve de acuerdo con él. Desde el porche de Simone, vi al señor Tracey apresurándose para acabar de cortar el césped antes de que se desvanecieran los últimos rayos de sol. También oí los débiles gritos de los niños que jugaban en uno de los patios del final de la manzana. Las luces parpadeaban en algunas ventanas mientras la tenue oscuridad del verano se iba instalando lentamente en el vecindario.

Esperé tan pacientemente como pude, pero él no parecía dispuesto a seguir hablando.

—¿Y bien? —le incité al cabo de un momento—. ¿Qué me ibas a decir hace un segundo? Dentro, quiero decir. Me has prometido que me lo contarías. —Traté de utilizar ese tonillo adulador y coqueto de Bess en mis palabras. A ella parecía funcionarle siempre, y Jacques parecía tan distraído que merecía la pena intentarlo.

Cuando se giró hacia mí, aguanté la respiración. Su expresión era seria, casi sombría. ¿Estaba a punto de confesar el delito?

Dudó un buen rato. Entonces, su rostro sombrío se abrió de repente en una amplia y alegre sonrisa que le cambió la cara por completo.

—Ah, pensarás que es una estupidez —dijo—. Es que estaba pensando en... en mi coche nuevo.

—¿En tu coche nuevo? —No era exactamente lo que esperaba escuchar—. ¿Qué quieres decir?

Jacques se rió, acercándose a uno de los extremos del porche, donde se inclinó sobre la barandilla.

—Mira, es que siempre me han encantado los coches clásicos americanos —explicó—. Así que cuando llegué aquí con mis amigos, pensé: "¿Por qué no me compro uno?" Es algo que siempre he deseado. Y así lo hice.

—¿Te has comprado un coche? —dije, vacilando.

Él asintió.

—Es un coche fantástico —añadió—. Pintura roja, una tira plateada, alerones deportivos detrás... Me ha costado un buen pico y, obviamente, tendré que pagar el transporte hasta Francia, pero creo que valdrá la pena. Es un sueño hecho realidad.

—Estoy segura —dije educadamente—. El coche pinta muy bien.

No pude evitar la decepción. ¿De verdad era eso todo lo que Jacques tenía en mente? Tan sólo un momento antes estaba convencida de que el chico escondía un sentimiento de culpabilidad por el huevo. Pero ahora resultaba que sólo había estado distraído por su importante adquisición.

Miré pensativa por encima de la barandilla del porche, sin mirar la casa y el patio en penumbra del señor Geffington, justo al lado. Desde el porche de Simone, tenía una

85

buena vista por encima de la valla de madera que separaba los dos patios. Se veía todo el patio de delante y medio huerto de detrás de la casa.

Jacques se inclinó hacia mí.

—Nancy, espero que vengas a dar una vuelta conmigo algún día —me propuso—. Sé que te encantará el coche. Es una verdadera belleza americana... Como tú.

—Gracias —dije distraída, con la cabeza más metida en el caso que en su cumplido—. Y sí, claro, iré encantada a dar una vuelta contigo.

Sólo porque Jacques no me vaya a confesar el delito, no significa que tenga que renunciar a sacarle alguna información, me recordé a mí misma mientras Jacques continuaba hablando de la pintura de su coche. Todavía podía enterarme de algo que me resultara útil para la investigación.

Estaba intentando imaginar cómo podía sacar el tema cuando capté un movimiento por el rabillo de ojo. Venía del huerto del señor Geffington. Algo se movía por allí detrás, entre las sombras.

Me puse alerta inmediatamente, inclinándome sobre la barandilla para ver mejor. ¿Era simplemente un animal que se paseaba por allí o se trataba del retorno del chafacalabacines? Tenía que averiguarlo.

—Perdona, Jacques —le dije apresuradamente—. Tengo que ir a comprobar una cosa.

Cuando ya tenía las manos apoyadas en la barandilla del porche y estaba a punto de saltar, me acordé de que llevaba falda. Maldiciendo por dentro mi desgraciada elección de ropa, me giré y corrí hacia las escaleras del porche.

—Espera —gritó Jacques, algo confuso—. ¿Adónde vas, Nancy?

—Vuelvo en un segundo —grité por encima del hombro, sin detener mi marcha.

Me deslicé, rápido pero con cuidado, por el caminito de Simone, aún enfadada conmigo misma por llevar esa falda tan estrecha. Si hubiera llevado vaqueros u otros pantalones, habría podido tomar el camino directo cruzando el patio y saltando la valla.

Pero ahora de nada servía lamentarse. Con un poco de suerte, el intruso, si eso es lo que había visto, no me oiría llegar.

—¡Nancy! —La voz de Jacques flotaba claramente en el aire nocturno—. ¡Espera! No deberías correr por ahí sola de noche... ¡Es peligroso!

Hice una mueca de dolor. Eso ya era demasiado para el elemento sorpresa.

Vagamente consciente de los acompasados pasos de Jacques a mi espalda, eché a correr. Con sólo unos metros más, llegaría a los escalones de cemento que me llevarían al patio del señor Geffington. Mientras tanto, iba mirando hacia delante, intentando localizar el movimiento que había visto.

"¡Allí!", pensé con un escalofrío ante el descubrimiento. "Justo allí, ¡al lado de la valla del huerto!"

Achiné los ojos para ver la figura en la penumbra. Era difícil discernir quién o qué era; se movía entre las sombras más oscuras de la pequeña zona de árboles que había al lado de la valla de madera. Pero lo más importante era que la figura no parecía consciente de que la estuvieran observando.

Con el corazón desbocado por la idea de cazar al vándalo de las verduras con las manos en la masa —o con la patata caliente, que sería más apropiado para el caso—, eché a correr de nuevo. Detrás de mí escuché el alboroto de unos pasos. Parecía que Jacques ya me estaba atrapando. Sólo deseaba que se estuviera callado unos segundos más.

Di un brinco hacia los escalones que bajaban al patio de la casa. No había barandilla, así que me obligué a aminorar un poco el ritmo mientras ponía el pie en el primer escalón.

De pronto, noté que mis pies volaban. El cielo nocturno cambió de posición mientras yo caía...

Entonces todo se volvió negro.

9

TRAS LA VERDAD

Me desperté al son de un suave pitido.

"Qué raro", pensé mientras yacía con los ojos cerrados, navegando en una nube de maravilloso ensueño. "Mi despertador no suena así..."

—¿Nancy? —dijo una voz familiar desde alguna parte—. Nancy, ¿estás despierta? ¡Creo que se está despertando!

—¿Ned? —grazné—. ¿Qué estás haciendo... emm... aquí...?

Mi voz tembló, sorprendida, al abrir los ojos. En lugar de las habituales paredes a rayas amarillas y blancas y el sólido mobiliario de madera de mi habitación, vi unas paredes de color verde institucional, sábanas blancas y acero inoxidable. Mientras mi cabeza se iba despejando lentamente, comprendí que estaba en el hospital.

Como en un destello, recordé lo que había ocurrido para que acabara allí.

—Estaba corriendo —dije, con la voz quebrada y extraña. Me aclaré la garganta—. Los escalones... Escuché a Jacques a mi espalda y, entonces, supongo que me caí...

—Me esforcé por recordar más, pero todo era muy confuso.

Ned tomó mi mano.

—Chist —musitó dulcemente—. No pasa nada. No intentes recordar demasiado. Los médicos dicen que te has dado un buen golpe en la cabeza.

Suspiré y me relajé sobre la confortable almohada del hospital.

—Me he dado un golpe en la cabeza —repetí. La certeza de aquella afirmación era imposible de negar, porque notaba una sorda palpitación en la sien. Levanté la mano y me toqué la cara. Un vendaje me cubría casi toda la frente.

—¿Qué ha pasado? —le pregunté a Ned—. ¿Cómo me encontraste?

—Jacques volvió corriendo a la fiesta —explicó Ned—. Dijo que habías resbalado en unos escalones y que te habías dado en la cabeza. Salimos todos corriendo y te encontramos sin sentido en el patio del señor Geffington. De hecho, cuando llegamos, medio vecindario ya estaba saliendo en tu auxilio. Jacques gritó mucho mientras corría a nuestro encuentro.

Sonreí, pero inmediatamente hice una mueca de dolor porque aumentaron de repente las palpitaciones que notaba en la cabeza.

—Aquí me tienes —dije con voz ronca—. Siempre montando el numerito.

—Afortunadamente, la señora Zucker llevaba el móvil en el bolsillo —continuó Ned, apretándome la mano con dulzura—. Llamó a una ambulancia. La señorita Thompson también estaba allí, y ya sabes que es enfermera, o sea que se hizo cargo de la situación hasta que llegó la ambulancia.

—¡Qué bonito! —dije con una fuerte sensación de aturdimiento que se acentuaba a medida que iba volviendo en mí—. ¿Dónde están todos los demás? ¿Alguien ha llamado a mi padre?

—Sólo dejaban subir a una persona en la ambulancia, así que yo fui el elegido. —Ned estiró el brazo y me apartó un mechón de pelo con cariño—. Bess y George volvieron a casa de Simone y les prometí llamarlas cuando te despertaras. Y tu padre está de camino. Estaba cenando fuera con un cliente, o sea que supongo que la enfermera tardó un buen rato en encontrarlo.

Cerré los ojos, demasiado cansada para procesar la información con la rapidez con que Ned me la estaba suministrando. Pero incluso medio grogui, había algo en todo lo que había sucedido que no me cuadraba. Mis ojos se volvieron a abrir de golpe y miré a mi novio con aire inquisitivo.

—Ned —le dije con la voz aún rasposa y extraña—. ¿Cómo ocurrió? No soy tan patosa... ¿Cómo pude resbalar de ese modo? ¿Pisé algo o qué? —Recordé la estúpida falda que llevaba, pero eso no era suficiente para hacer que me cayera por las escaleras. ¿Qué había pasado?

Ned sacudió la cabeza.

—Lo siento, Nancy —dijo—. La detective eres tú, no yo. No creo que ninguno de nosotros mirara los escalones. Estábamos demasiado ocupados preocupándonos por ti.

—Ah. Bueno. Perdona. —Suspiré, poniéndome la mano en la cabeza, que no paraba de palpitar.

Ned me sonrió.

—No seas tonta —dijo suavemente—. No tienes que disculparte por nada. Has tenido suerte de que Jacques estuviera justo allí para pedir ayuda. —Frunció ligeramente el ceño—. De todos modos, ¿qué estabais haciendo tú y Jacques en casa del señor Geffington?

—Creí ver algo moviéndose por allí —expliqué—. Iba a ver si era el chafacalabacines...

—¡Nancy! —resonó la voz de mi padre, que irrumpía en la habitación—. Mírate. ¿Qué ha pasado?

Ned se levantó para dejar que mi padre se sentara al lado de la cama. Yo le sonreí débilmente. El bello rostro de papá estaba lleno de preocupación.

—No pasa nada, papá —lo tranquilicé—. Me pondré bien. Los Drew tenemos la cabeza muy dura, ¿recuerdas?

Ned y yo le pusimos rápidamente al corriente de lo que había sucedido.

—El médico dice que se pondrá bien, señor Drew —continuó Ned—. Quiere tenerla en observación un día más o menos, pero dice que es sólo una precaución. Estará como nueva en unos días.

—¡Qué alivio! —dijo papá, inclinándose para darme un beso en la frente—. Pero dime, Nancy, ¿qué es lo que estabas diciendo cuando he entrado? No me digas que investigar esa tontería de los calabacines es lo que te ha causado el accidente...

—En realidad, no —lo tranquilicé rápidamente, preocupada por la alarma que denotaba su rostro. Lo último que quería era que se preocupara tanto como para insistir en hacerme abandonar el caso—. Ha sido sólo mi torpeza. Supongo que corría demasiado y tropecé con mis propios pies.

—Mmm... —Papá no parecía del todo convencido.

—Además —añadí—, todavía no te lo he podido contar, pero también estoy trabajando en otro caso.

Aquella mañana, papá se había ido pronto a jugar al golf y no había tenido oportunidad de contarle la historia del robo en casa de Simone.

Ahora quería su opinión. ¿Tenía algún significado algo de lo que había pasado en la fiesta? Pensé en la *exagerada* reacción de Pierre ante mi *acusación* contra sus amigos. ¿Sabía el chico algo que yo no sabía? ¿Y qué decir del extraño comportamiento de Jacques un momento después? ¿De verdad me había caído yo sola por las escaleras?

Antes de que pudiera decir nada más, irrumpió una enfermera.

—Muy bien, ustedes dos —comentó enérgicamente—. Ya ven que todavía sigue viva. Y mañana también lo estará, o sea que pueden acabar de ponerse al día entonces. Por ahora, me temo que el horario de visitas se ha terminado.

Por un momento, pensé que papá iba a discutir con ella. Puede resultar muy convincente si lo desea y, si hubiera deseado alargar la visita, seguramente lo habría conseguido.

Pero se limitó a suspirar y se agachó para besarme de nuevo.

—Duerme un poco, cielo —me dijo—. Nos vemos mañana.

A la mañana siguiente, una enfermera me trajo el desayuno.

—¿Cuándo empieza el horario de visitas? —le pregunté mientras me dejaba la bandeja sobre la mesa de al lado de la cama y empezaba a arreglarme las sábanas.

—Me temo que dentro de unas cuantas horas, cariño —respondió la enfermera con alegría—. Pero no te preocupes, seguro que tus queridas visitas vendrán tan pronto como puedan.

Me quedé bastante decepcionada. Mi cabeza estaba mucho más despejada y, nada más despertarme, empecé a pensar en el caso de Simone. Había unas cuantas cosas a las que aún no encontraba mucho sentido, y quería hablarlas con alguien.

La enfermera levantó la bandeja y me la puso delante.

—¿Puedo hacer llamadas telefónicas antes de las visitas? —le pregunté.

—¡Por supuesto! —La enfermera me señaló el teléfono de la mesilla de noche—. Pero tómate el desayuno primero, ¿vale, cariño? Tienes que recuperar fuerzas para poder irte mañana.

Le sonreí y probé un bocado de huevos revueltos, pero tan pronto como se hubo ido la enfermera, aparté la bandeja y agarré el teléfono.

Al descolgar, George pareció muy contenta de oírme.

—¿Cómo te encuentras? —me preguntó—. ¿Cuándo te dejarán salir de ahí?

—Mejor, y no estoy segura —contesté—. Dicen que seguramente mañana por la mañana. Esperaba que fuera hoy, pero el médico quiere que me quede una noche más por si acaso. —Suspiré ruidosamente—. Eso significa que perderé un día entero para intentar seguirle la pista al que se llevó el huevo. Me temo que el rastro se va a enfriar.

—Quizá sí —admitió George—, pero si quieres, Bess

y yo podemos intentar investigar un poco más por ti durante el día de hoy.

No había contemplado esa posibilidad.

—¿De veras? —dije un poco triste. Seguía deseando poder estar ahí fuera para investigar yo misma, pero tener a mis amigas haciéndolo por mí era la segunda mejor solución—. ¿Haríais eso por mí? ¡Es genial! Esperaba haber sacado algo más a los amigos de Pierre ayer por la noche. Quizá vosotras podríais hablar con ellos. Pero no queremos que sepan que sospechamos de ellos. Y mucho menos después de la escenita de Pierre. ¿Crees que podréis encontrar una excusa para pasar un rato con ellos?

George se rió.

—Venga, Nancy —contestó—. Estamos hablando de tíos. No necesitamos ninguna excusa si tenemos a Bess bien mona y con una sonrisa para ellos.

Sonreí.

—¡Buena observación!

—Además, Pierre ya me ha llamado esta mañana para saber cuándo íbamos a volver —añadió George—. Y adivina qué: él y los demás muchachos han hecho un bote para mandarte un enorme ramo de flores. Lo han escogido esta mañana.

—¡Qué amables! —exclamé.

George se rió.

—Sí, pero no dirías lo mismo si los hubieras escuchado discutir por el precio anoche, cuando te llevaron al hospital —dijo ella—. El pobre Jacques casi se desmaya cuando se enteró de lo que iba a costar el ramo que querían comprarte. Supongo que no tiene demasiado dinero. De hecho, René le dijo a Bess que él y Thèo tuvieron que contribuir en el billete de avión para que Jacques viniera a Estados Unidos.

—¿De veras? —Jugueteé con el huevo revuelto, recordando mi conversación de la noche anterior con Jacques—. Y, entonces, ¿cómo se ha podido permitir el coche que se acaba de comprar?

—¿El coche? —se extrañó George—. ¿De qué me estás hablando?

Le conté lo que Jacques me había dicho de su nueva adquisición.

—Me lo pintó como si se lo acabara de comprar —añadí—. Como si lo hubiera pagado al contado, o algo sí. No le pregunté mucho más sobre el tema, porque en ese momento no pensé que fuera importante.

—Y probablemente no lo sea. —George no parecía interesada—. Igual sólo estaba aparentando. Bess dice que le parece que está interesado en ti.

—¿Sí? —Me ruboricé al pensar si sería verdad. Soy muy observadora con la mayoría de cosas, pero no siempre me percato de cuándo un chico muestra interés por mí de *ese* modo. Podríamos decir que es mi punto débil—. Bueno, eso no importa. Sigue siendo raro... Lo del coche, quiero decir. —Archivé el tema de la posición financiera de Jacques para futuras reflexiones—. Creo que tendríais que esforzaros especialmente en saber más cosas de Jacques.

—Sin duda —replicó George—. A todos nos parece un poco raro que te cayeras de esa manera por las escaleras, Nancy. No es propio de ti.

—Ya lo sé. —Me metí en la boca una uva de la bandeja del desayuno—. Pero llevaba esa faldita tan mona.

Casi no podía andar, y no digamos bajar corriendo los escalones.

Podia imaginar la cabeza de George negando con escepticismo.

—No me lo trago —dijo—. Te golpeaste muy fuerte en la cabeza. Eso no hubiera ocurrido con un simple traspié. Aun sin barandilla, te hubieras parado con las manos o con algo. Hubieras acabado con una muñeca rota, pero no con una contusión.

—Entonces, ¿qué me estás diciendo?

—Te estoy diciendo que la caída no pudo ser tan simple —contestó George—. Tuvo que haber algo raro. Quiero decir que te hicieron tropezar o te empujaron o algo.

—¿Me estás diciendo que crees que Jacques me empujó por las escaleras? —Tenía que admitir que no era la primera vez que me pasaba la idea por la cabeza. ¿Cuán cerca habían estado esos pasos de mí, exactamente? Intenté recordar, revivir el momento, pero no estaba segura. Mi memoria estaba todavía algo confusa. No recordaba haber notado ningún empujón, pero tampoco recordaba haberme golpeado la cabeza, y era evidente que eso había ocurrido.

—¿Qué más pudo haber pasado? —contraatacó George a mi pregunta—. Mira, los dos desaparecisteis y a los cinco minutos llegó corriendo y diciendo que habías resbalado y habías perdido el conocimiento.

—Por cierto, ¿cómo describió la caída? —le pregunté con curiosidad, cambiándome el teléfono de lado y haciendo una mueca al rozarme la sien herida—. ¿Dio alguna explicación?

—No exactamente. Sólo dijo que te resbalaron los pies

mientras bajabas los escalones, que te caíste hacia atrás y un poco de lado, y que te golpeaste el lateral de la cabeza contra la piedra.

Toqué mi dolorida sien.

—Bueno, la última parte coincide con las pruebas —dije irónicamente—. Pero, aunque Jacques estuviera mintiendo, ¿por qué demonios iba a querer hacerme daño?

—¿No le estabas interrogando sobre la desaparición del huevo? —preguntó George—. Quizá oyó lo que Pierre había dicho antes, de lo de acusar a sus amigos, ya sabes... Quizá Jacques pensó que te estabas acercando demasiado a algunas respuestas.

—Pero no me estaba acercando a ninguna respuesta —protesté.

—Si tiene la conciencia intranquila, lo único que importa es que pensara que estabas atando cabos.

Tenía que admitir que George tenía cierta razón.

—Supongo que todavía no podemos excluir nada, o a nadie —dije—. Me encantaría estar hoy ahí fuera con vosotras, chicas. Si alguno de ellos tiene la conciencia intranquila, se debe de estar poniendo nervioso, sobre todo después de mi accidente. Pensándolo dos veces, puede que sea mejor observar a esos muchachos a distancia y esperar a ver si alguno de ellos mueve ficha.

—Bess y yo haremos lo que podamos —me prometió George—. Al fin y al cabo, ¡hemos aprendido de la mejor! Sólo tenemos que salir ahí fuera y preguntarnos: "¿Qué haría Nancy Drew?". Vendremos a verte luego, en el horario de visitas, y te contaremos cómo va todo.

Solté una risilla sofocada.

—Vale —dije—. Buena suerte. ¡Y tened cuidado!

Me pasé el resto de la mañana leyendo y viendo la tele, intentando no pensar demasiado en mis casos, ya que de todos modos tampoco podía hacer nada. Cuando empezaron las horas de visita, vinieron papá y Hannah con algunas revistas nuevas y unas cuantas galletas recién horneadas por ella. Mientras estuvieron en la habitación, llegó el ramo de Pierre y los demás, junto con más flores de Simone y unas cuantas tarjetas de los otros vecinos.

Al final, papá y Hannah se marcharon y me quedé esperando impacientemente las noticias de mis amigas. ¿Habrían descubierto algo importante? ¿Habrían resuelto algo sin mí?

Los segundos parecían avanzar a la velocidad del deshielo de la última glaciación. Por un momento, temí que el horario de visitas fuera a finalizar sin que mis amigas hubieran venido. Pero, finalmente, escuché la risilla familiar de Bess en el pasillo. Un segundo más tarde, George aparecía por la puerta de mi habitación.

—Lo siento, llegamos tarde —se disculpó George—. Y puede que Bess aún tarde unos minutos más. Ha encontrado un joven residente muy mono con quien coquetear.

Bess entró corriendo y dio un empujoncito a su prima.

—No estaba coqueteando —se defendió, con las mejillas tan rojas que casi hacían juego con la chaqueta rosa fucsia que llevaba—. Sólo estaba siendo educada. ¿Qué querías que hiciera, ignorarlo después de que me ha dicho «hola»?

George alzó los ojos al cielo. Yo me reí y les indiqué que se acercaran con un gesto.

—¿Cómo te encuentras? —me preguntó Bess con aire preocupado sentándome con mucho cuidado al lado de mi cama—. ¿Todavía te duele la cabeza?

—Un poco, pero cada vez va mejor —aclaré—. Pero ahora eso no importa. Cerrad la puerta para que podamos hablar, ¿vale?

George asintió y se dirigió hacia la puerta.

—Debe de encontrarse mejor... Ya nos da órdenes... —bromeó.

—¿Y bien? —pregunté tan pronto como hubo cerrado la puerta. Afortunadamente, tenía una habitación para mí sola, así que no nos teníamos que preocupar de que nadie nos escuchara—. ¿Habéis tenido suerte hoy?

Bess y George se intercambiaron una mirada.

—Bueno, algo... —dijo Bess a la vez que George decía:

—No exactamente.

—Contadme —les pedí, apoyándome contra la almohada.

George se sentó en una de las sillas para visitas que había al lado de mi cama y cruzó las piernas.

—Después de hablar contigo esta mañana, he llamado a Bess. —Señaló a su prima con el pulgar—. Aún se estaba vistiendo, por lo que todavía me quedaban un par de horas por delante...

—¡Ya está bien! —protestó Bess, dedicándole una mirada maliciosa—. Parece tonta. Salí casi de inmediato para ir a recogerla.

—Es cierto —admitió George—. Ahora que lo pienso, supongo que tendría que haberle dado un poco más de tiempo para escoger un vestuario apropiado para la vigilancia.

Miré con curiosidad la ropa de Bess. Además de la chaqueta de algodón fucsia, llevaba una camiseta a juego de rayas blancas y rosas, pantalones blancos y unas bonitas sandalias rosas. No era precisamente una ropa discreta, especialmente para alguien que ya de por sí llama la atención como ella. George iba mucho más discreta, con vaqueros y una camiseta oscura.

—En fin —siguió George—. Mientras esperaba a que viniera a recogerme, me metí en internet para ver si podía descubrir algo interesante de nuestros sospechosos.

—¡Qué gran idea! —exclamé, deseando haber caído en ello antes. George es la jefa de sistemas de información de la empresa de catering de su madre desde que íbamos al instituto. Es la que pasa más horas en internet de todos los que yo conozco. Si quieres algo de la web, ella es la indicada para encontrarlo—. ¿Y qué has encontrado?

—No mucho —admitió George—. Casi no tuve tiempo de conectarme antes de que Bess llegara a mi casa. Pero tengo pensado hacer más búsquedas cuando llegue a casa.

—Genial —comenté—. Y entonces, ¿qué habéis hecho, chicas?

Bess se hizo cargo de la historia.

—Fuimos en coche a tu barrio y aparcamos delante de tu casa, porque supusimos que, si alguien reparaba en nosotras, le parecería menos sospechoso.

—¿Lo ves? ¡Hemos aprendido de ti! —interrumpió George con una mueca.

Yo me reí.

—Un buen plan —admití—. ¿Y entonces?

—Fuimos caminando hacia casa de Simone —continuó Bess, alisando una arruga de mis sábanas—. Encontramos un buen sitio tras unos arbustos del otro lado de la calle y nos escondimos a esperar.

—No te olvides de que primero fuimos a echar un vistazo por la ventana —le recordó George mirándome a mí—. No queríamos pasarnos el día por allí rondando para descubrir luego que todo el mundo había salido pronto a por donuts, o algo así. Fue idea mía ir a comprobarlo.

—Bueno —dijo Bess, levantando los ojos al cielo—. Y también fue idea tuya pegar tu cabezota justo en medio de la ventana de la cocina. Fue un milagro que no te vieran.

—Bueno, pero no me vieron —replicó George, sentándose más tiesa en su silla de visitas—. En cualquier caso, todo el mundo seguía en casa. Después de lo que hablamos esta mañana, Bess y yo decidimos que si los chicos se dividían al salir, nosotras seguiríamos a Jacques.

—Después de lo que te pasó a ti, Nancy, es el sospechoso más probable —añadió Bess.

Parecían tan complacidas con sus decisiones que me limité a asentir y sonreír. Aunque estaba de acuerdo en que había algunas cosas raras en Jacques, casi hubiera preferido que se hubieran decidido por seguir a René o a Thèo. Tenía la sensación de que casi no había podido hablar con ellos y me hubiera gustado saber algo más de esos chicos. ¿Y si estábamos centrando toda nuestra atención en el sospechoso equivocado, mientras el ladrón o ladrones de verdad se paseaban por delante de nuestras narices? Pero seguí callada mientras George reemprendía la narración.

—Después de desayunar, Simone se fue en su coche, y Pierre y Thèo salieron al patio trasero y empezaron a podar en el huerto. Los observamos un rato, hasta que Jacques salió por la puerta principal.

Bess asintió con impaciencia.

—Parecía muy sospechoso. No paraba de mirar por encima del hombro, como si no quisiera que le vieran salir.

—Y tiró hacia el centro a pie —informó George con toda intención—. Ni rastro de ningún fabuloso coche deportivo.

—Interesante —dije—. ¿Lo seguisteis?

—¡Claro! —exclamó Bess—. Le seguimos unas cuantas manzanas hasta que llegamos al centro, donde es más fácil acercarse sin que te vean.

Miré el calzado de Bess, impresionada como siempre por el hecho de que ella encontrara las sandalias de tiras tan confortables como la mayoría de gente las zapatillas deportivas.

—¿Y dónde iba?

George se inclinó hacia la mesilla de noche para hacerse con una de las galletas de Hannah.

—Fue a varios sitios —dijo con la boca llena—. Se nos hizo un poco difícil intentar seguirlo sin que nos viera.

—Sí —admitió Bess—. Ya se sabe... En las pelis estas cosas siempre parecen fáciles, pero no lo son nada.

Mi sexto sentido volvió a agitarse, pero esta vez no tenía nada que ver con Jacques, ni con el caso en sí. Tenía la sensación de que mis amigas no me estaban diciendo algo.

—¿Y qué me queréis decir con eso? —les pregunté—. ¿Os pilló siguiéndolo?

Bess parecía un cordero degollado.

—Bueno, supongo que no éramos tan escurridizas como creíamos —empezó.

—¿Por qué hablas en plural? —protestó George con un bufido—. ¡No soy yo la que decidió vestirse como un anuncio de neón! Esa chaqueta se puede ver desde el espacio.

Me empezaba a hacer una idea del cuadro.

—O sea, que Jacques os vio.

—Supongo que unas cuantas veces —admitió Bess—. Lo seguimos hasta el interior de esa enorme tienda de antigüedades de River Street, y George y yo nos separamos para intentar pasar desapercibidas con mayor facilidad. Yo intentaba rodear esa especie de urna grande, pero, sin querer, me separé demasiado y acabé encontrándome de cara con Jacques. —Se encogió de hombros—. No pareció extrañarse demasiado, ni nada. Se limitó a preguntar cómo estabas tú y después mencionó que le había parecido verme en Olde River Jewelers. Y entonces me preguntó si lo estaba siguiendo.

—Estaba bromeando —aclaró George—. Era evidente. Pero aquí, la señorita supersabuesa se puso muy histérica.

—Quizá un poco. —Bess se ruborizó—. Yo... Digamos que le dije que sí, que lo estaba siguiendo, pero sólo porque me daba vergüenza acercarme a saludarlo. Ya sabes, porque en la fiesta había pensado que era muy mono y todo eso...

—Madre mía... —comenté con una mueca—. ¿Y se lo tragó?

Bess sonrió modestamente.

—Creo que sí. De hecho, me parece que estuvo a punto de pedirme para salir, pero entonces apareció George de detrás de un montón de alfombras orientales...

—¡Eh, que pensaba que ibas a echar por tierra toda nuestra operación encubierta! —exclamó George—. Y ya te puedes imaginar, salí al rescate. Supongo que, en ese momento, Jacques pensó que éramos un poco raritas.

—¿Sólo un poco? —las chinché. El día de mis amigas empezaba a parecer un capítulo de los Keystone Kops[*].

—De todos modos, George decidió distraerlo aplicándole el tercer grado —añadió Bess.

George se encogió de hombros.

—Eh, la mejor defensa es siempre un buen ataque, ¿no? —se justificó—. Además, sólo le pregunté que por qué iba paseando a pie por la ciudad si tenía ese coche tan guapo del que iba fardando. Se quedó pasmado.

—Sí, se puso totalmente rojo y empezó a balbucear no sé qué de que estaba en el taller —aclaró Bess—. Me pareció bastante raro. Bueno, ya sabes, ¿un coche completamente nuevo y ya en el taller? Naturalmente, le pregunté qué le pasaba.

No me sorprendió nada. A Bess le gustan tanto los coches como a George los ordenadores. Bess se arregla su propio coche y puede diagnosticar una junta de culata en mal estado o un motor quemado a kilómetros.

—¡Pero, se le comió la lengua el gato! —continuó Bess, levantando las manos en signo de incredulidad—. ¿No sabía qué le pasaba? ¡Venga, hombre! Entonces le comenté unas cuantas posibilidades, pero él seguía sin soltar prenda. Ni siquiera sabe si su coche tiene un árbol de levas en cabeza. ¿Pero qué tipo en su sano juicio no sabría una cosa así de su deportivo nuevecito?

Aunque yo no tenía ni idea de qué era un árbol de le-

---

[*] N. del T.: Keystone Kops es una serie de películas rodadas entre 1912 y 1917 en forma de comedia protagonizadas por un grupo de policías incompetentes. Se utiliza el término para criticar a un grupo por sus errores, especialmente si éstos están relacionados con una falta total de coordinación entre los miembros del grupo.

vas en cabeza, tenía que admitir que Bess tenía razón. Yo soy una negada en tema de coches, pero la historia de Jacques empezaba a sonar cada vez más sospechosa.

—Se le veía francamente incómodo —dijo George—. Era evidente que no sabía cómo responder a las preguntas de Bess sobre el coche. Al final, nos puso una excusa tonta y se largó.

Bess sonrió.

—Pero decidimos no seguirlo hasta casa de Simone, por razones obvias.

—Interesante —dije, pensando en lo que mis amigas me acababan de contar—. Ahora enumeradme todas las tiendas a las que entró mientras lo estuvisteis siguiendo.

—¡Ah! Vale. Eso es importante —opinó George—. Entró en una joyería, en una casa de empeño y en tres anticuarios. —Contó con los dedos e hizo una pausa para que yo digiriera la información—. Pero no compró nada.

10

CONEXIONES Y OPORTUNIDADES

Todavía estaba pensando en los *recados* de Jacques cuando terminó la hora de visita y vino una enfermera a echar a mis amigas de la habitación. Una joyería, una casa de empeño y tres anticuarios. Todos esos lugares parecían buenas elecciones para empeñar un huevo robado. Tenía que admitir que Jacques empezaba a parecer cada vez más el sospechoso número uno.

Pero parecía que Jacques no había colocado el huevo en ninguna tienda. ¿Se estaba limitando a buscar el mejor sitio donde descargarlo para obtener dinero fácil o se nos estaba pasando por alto alguna pieza importante del rompecabezas? Seguí pensando en ello mientras cenaba y cuando empecé a quedarme dormida.

Al despertarme a la mañana siguiente, me notaba la cabeza mucho mejor. Mi mente volvió a meterse de lleno en los casos. No veía el momento de salir del hospital para ponerme manos a la obra con ellos.

Cuando ya estaba acabando de desayunar, sonó el teléfono. Era Simone, que llamaba para saber cómo estaba.

—Estoy mucho mejor —le aseguré, apartando la bandeja—. Supongo que me dejarán salir en algún momento de la mañana.

—¡Oh, eso es maravilloso! —Simone parecía aliviada—. He estado muy preocupada por ti, Nancy. Me supo muy mal lo de tu caída. En parte me sentía culpable porque pasó en mi fiesta.

—No pienses eso —repliqué yo—. Fue un accidente. Aquí la única que tiene la culpa de algo es mi torpeza.

—Pierre no para de decirme lo mismo. —Simone se rió—. Ah, pero no lo de tu torpeza, claro —añadió rápidamente—. Lo de que tuvo que ser un accidente, tal como comentó Jacques. —Suspiró—. Con todo esto, me alegro mucho de haber tenido a Pierre al lado. Me ha ido muy bien tener a alguien de la familia conmigo en este sitio nuevo para mí. Quién iba a decir que él y yo íbamos a acabar tan cerca, siendo hijos de unos padres tan celosos y enfrentados... Pero después de todo lo ocurrido, Pierre se siente más como mi hermano que como mi sobrino. ¡Oh! Aquí está... Habrá escuchado su nombre. Un momento, Nancy, por favor.

Esperé, reclinándome sobre la almohada y mirando el beige verdoso de las paredes. No pude evitar preguntarme qué significaba aquel comentario de Simone. Sin duda, parecía apuntar a que el padre de Simone y el padre de Pierre no se llevaban bien. ¿Había alguna historia rara ahí? Hubiera sido un atrevimiento por mi parte pedirle más información, pero tenía curiosidad. Quizá no tuviera nada que ver con el caso del huevo desaparecido, pero, como siempre, nunca hay que ignorar una posible pista, por improbable que pueda parecer al principio.

Mientras intentaba pensar en alguna forma educada de conseguir más datos, Simone volvió al teléfono.

—Nancy, Pierre se muere de ganas de hablar contigo —dijo—. Te paso con él ahora mismo.

—Vale —dije.

—¡Nancy! —gritó la voz de Pierre en mi oído apenas un par de segundos después—. ¡Sigues viva!

Solté una risilla sofocada.

—Sí, eso dicen —dije—. Espero no haberos asustado mucho.

—Hombre, nos diste un buen susto —replicó él—. Al verte ahí tendida, tan quieta... Pero bueno, todo ayuda a poner las cosas en su sitio.

—¿Qué quieres decir? —me extrañé.

Pierre suspiró.

—Verás, Nancy —empezó, apesadumbrado—. Simone me ha dicho que quieres ayudarla a recuperar su huevo, pero estamos todos de acuerdo en que ninguna reliquia familiar, por valiosa que sea, merece que nadie salga mal parado. Si alguien te empujó por esas escaleras... —Su voz vaciló.

No me molesté en aclararle que, en realidad, estaba trabajando en el caso de los calabacines en el momento del accidente. Me había sorprendido la preocupación de su voz.

—Gracias por preocuparte —le dije—, pero nadie dice que me empujaran. Seguramente tropecé y me caí. —Todavía no estaba del todo convencida de eso, pero hasta que no tuviera pruebas de lo contrario, parecía lo más probable. ¿Acaso no había estado a punto de tropezar con esa falda varias veces esa misma tarde?

—Mmm... —Pierre no parecía convencido—. Bueno, sí, eso es lo que nos dijo Jacques que había sucedido... —Su voz volvió a difuminarse un instante—. De todos modos —siguió—, esto empieza a ser asunto de la policía. No quiero que vuelvas a herirte, ni Simone tampoco. Si eso ocurriera, nos vendríamos abajo.

—No tenéis que preocuparos por mí —le respondí—. Y estoy segura de que la policía de River Heights encontrará el huevo pronto.

De eso, no estaba nada segura. Y, sin duda, no tenía ninguna intención de abandonar el caso. Pero no quería que Pierre y Simone se preocuparan si se lo decía directamente. Cuando estuviera fuera del hospital, ya vería lo que haría. Me despedí de los dos y colgué.

Tan pronto como el auricular tocó la base, el teléfono volvió a sonar. Esta vez estaba George al otro lado de la línea.

—¿Qué, te van a soltar hoy o qué? —preguntó inmediatamente.

Sonreí.

—¡Eso espero! —exclamé—. Estoy lista para salir al mundo. ¿Habéis descubierto algo más desde ayer?

—Pues, ahora que lo dices, sí descubrí algo —respondió George—. Espera un segundo. Bess está aquí conmigo y me está tirando de la manga y haciéndome muecas. Creo que quiere hablar contigo.

Un segundo después, escuché que se añadía otra extensión.

—¿Nancy? —dijo Bess, sin aliento—. ¿Estás ahí? ¿Cómo te encuentras?

Le aseguré que todavía estaba de una pieza.

—Bueno —dije—, George, ¿qué me estabas diciendo? ¿Descubriste algo más sobre el caso?

—Más o menos —respondió George—. Anoche estuve fisgoneando un poco por la red. En pocas palabras, descubrí que no había ningún coche registrado a nombre de Jacques. Ni en Francia, ni aquí. Cero. Nada. Eso significa que si de verdad tiene algún deportivo de capricho, no lo ha conseguido legalmente.

—Bueno, ni siquiera sabemos si existe de verdad —observé, sonriendo a la enfermera que acababa de entrar a retirar la bandeja del desayuno. Esperé un segundo hasta que hubo salido de la habitación y añadí—: Igual se inventó toda esa historia por algo.

—O igual aún no lo ha matriculado —apuntó Bess—. Dijo que lo acababa de comprar, ¿no?

—Sí —dije, viendo que la enfermera volvía a entrar, esta vez acompañada de mi padre—. Uy —dije a mis amigas—, os tengo que dejar. Me parece que por fin me dejan salir. Os llamo cuando llegue a casa.

Una hora más tarde, mi padre estaba aparcando el coche delante de casa.

—¿Seguro que te encuentras bien? —me preguntó—. Si quieres, puedo cancelar mis reuniones y quedarme en casa contigo.

Levanté los ojos al cielo y sonreí. Me había hecho la misma pregunta al menos una docena de veces en los quince minutos de trayecto del hospital a casa.

—Estoy bien, papá —le repetí pacientemente—. Si hasta el doctor ha dicho que estoy como nueva, ¿recuerdas? Te agradezco que me hayas traído a casa, pero ahora ya te puedes ir al despacho, de verdad.

—Vale, vale —dijo con una sonrisa algo tímida—. Pero

quiero que esta tarde descanses un poco, ¿vale? Y deja que Hannah te cuide.

En ese preciso momento apareció Hannah por la puerta y corrió a nuestro encuentro. A pesar de encontrarme bien, dejé que me ayudara a salir del coche y a subir las escaleras para entrar en la casa.

Pronto me encontré metida en la cama con Hannah revoloteando a mi alrededor, a mi completa disposición. Me trajo revistas para leer y me hizo la comida. Después de llevarse la bandeja de la comida y haber cargado el lavavajillas, asomó la nariz por mi habitación.

—Nancy, voy a salir a hacer unos recados —me informó—. ¿Estarás bien aquí sola hasta que yo vuelva?

—Por supuesto —le aseguré—. No te preocupes por mí. No tengas prisa.

Cuando escuché que el coche se ponía en marcha y se alejaba, salté de la cama. Ya había reposado bastante por un día. Estaba deseando volver al caso.

Cuando me estaba vistiendo, sonó el teléfono. Descolgué, suponiendo que sería mi padre, que llamaba para controlarme.

—¡Hola! —dijo una voz suave con mucho acento—. ¿Está *Mademoiselle* Nancy en casa, por favor?

—Soy yo —respondí, reconociendo la voz inmediatamente—. ¿Eres Jacques?

—Sí —contestó él, con cierta timidez—. Yo... Yo sólo quería llamarte para saber cómo estabas. Pierre me ha dicho que salías hoy del hospital.

—Es cierto —dije, reclinándome en el armario y apoyándome el teléfono en el hombro para poder peinarme—. Y me encuentro bien, gracias.

—Ah, eso son buenas noticias. —Jacques parecía aliviado—. No paro de pensar que si hubiera estado un poquito más cerca quizá te hubiera podido agarrar. Lo siento, pero ni siquiera vi que te caías hasta que tu cabeza se dio contra los escalones.

—¿En serio? —Dejé caer el peine y me enderecé, muy interesada de repente—. Creí que los demás habían dicho que me viste tropezar y caer.

Jacques vaciló.

—No exactamente —dijo—. Es decir, lo vi por el rabillo del ojo... Lo suficiente para ver que se te iban los pies hacia delante y la cabeza hacia atrás. Pero es que cuando empezaste a bajar los escalones, yo estaba distraído en otra cosa.

Me apreté el teléfono contra la oreja.

—¿Cómo? —dije, recordando instantáneamente la sombra del huerto del señor Geffington—. ¿Viste algo?

—Me... Me parece que sí —contestó, dudoso—. Vi una silueta corriendo entre los arbustos del patio en el que íbamos a entrar. Me giré para ver qué era y, cuando me volví a girar, te estabas cayendo.

—¿Pudiste ver la figura? —me interesé—. ¿Era una persona? ¿Alta?

—Lo siento —se disculpó—. No la vi demasiado bien. Pudo haber sido una persona agachada, pero también podría haber sido un animal, quizá un perro grande... Sólo la vi un momento antes de escucharte gritar y girarme para ver cómo te dabas contra el suelo.

Después de volver a asegurarle que me encontraba bien, nos despedimos y colgué. Me quedé mirando el teléfono unos instantes, pensando en la conversación. ¿Por qué me había llamado? ¿De verdad era sólo para saber cómo estaba o estaba intentando descubrir hasta dónde recordaba yo? No estaba segura. Me había parecido sinceramente preocupado por mí y no había tanteado lo que recordaba yo del accidente. ¿Significaba algo todo aquello?

Sacudí la cabeza con aire frustrado. Hasta el momento, las únicas pistas de las que disponía parecían apuntar a Jacques como el principal sospechoso. Su comportamiento de solitario en la fiesta. La loca historia del coche deportivo que podía, o no, existir. Su presencia en la escena de mi misterioso accidente. Sus extraños *recados* de cuando Bess y George lo habían seguido.

Pero incluso con todo eso, la teoría de que Jacques fuera el ladrón no acababa de fraguar en mi cabeza. El problema era que no estaba teniendo demasiada suerte a la hora de encontrar alternativas. Lo único que sabía era que *alguien* se había llevado el huevo y que, naturalmente, ese alguien no quería que lo pillaran.

Descolgué el auricular y llamé a Bess y a George.

Mis amigas llegaron a los pocos minutos. También traté de llamar a Ned, pero había salido a algún sitio con su padre.

—¿Y bien? —dijo George mientras entraban en la casa—. Ahora que vuelves a estar en libertad, ¿aún no has resuelto tus casos?

—No exactamente —admití. Me apoyé en el borde del banco antiguo del pasillo principal, pues aún me notaba algo débil después de dos días en cama. También me dolía un poco la cabeza. Pero mi mente estaba más en forma que nunca y, mientras esperaba a mis amigas, había invertido

114

mi tiempo en darle vueltas al caso del huevo—. En realidad, os quería preguntar unas cuantas cosas más del día en que seguisteis a Jacques —informé a mis amigas—. ¿Qué aspecto tenía cuando entraba en esas tiendas? Ya sabéis... Qué actitud, qué expresión, y ese tipo de cosas... —Seguía teniendo la sensación de que se me escapaba algo y no iba a parar hasta descubrirlo. Al fin y al cabo, podría ser la clave para resolver el caso entero.

Los ojos de George se iluminaron.

—¡Ajá! —exclamó—. O sea que empiezas a creer que es culpable...

Sacudí la cabeza.

—No, empiezo a creer que es el único que *no* es culpable de nada.

—¿En serio? —Bess parecía sorprendida—. Pero todas las pistas apuntan hacia él.

—Ya lo sé —dije, mirándolas a las dos—. Y por eso pienso que alguien puede estar intentando cargarle el robo. Y mi accidente.

—¿Es una de tus corazonadas? —preguntó George, escéptica.

Me encogí de hombros.

—Quizá sí —admití—, pero no creo que las pistas sean tan significativas. Quiero decir que es evidente que Jacques no es tonto. ¿Por qué iba a empujarme por las escaleras si sabía que eso le haría parecer culpable? Y si quería vender el objeto robado, ¿se pasearía por la ciudad a plena luz del día? De hecho, ¿sería tan imbécil como para intentar empeñar el huevo Fabergé precisamente aquí, en River Heights?

—Mmm... Supongo que es una muy buena observación.

—Bess parecía pensativa—. Pensándolo bien, tampoco parecía demasiado nervioso mientras lo estuvimos siguiendo... Bueno, al menos hasta que se encontró con George y conmigo.

George frunció el ceño.

—Pero estaba un poco raro —le dijo a Bess—. ¿No te acuerdas? Tú hiciste un comentario sobre su cara. Parecía como enfadado o preocupado, o algo así.

—Es verdad —admitió Bess—, pero no parecía nervioso precisamente. No como lo estaría alguien que lleva un objeto robado valioso en la mochila.

—¿Pero qué hay de esa historia rara del coche? —intervino George, apoyándose en la pared—. ¿De qué va todo eso?

Me encogí de hombros.

—A mí esa parte tampoco me cuadra todavía —dije—. Lo que quiero decir es que, si hubiéramos visto algún deportivo carísimo con nuestros propios ojos, sin duda sería una enorme pista, porque sabemos que Jacques no tiene demasiado dinero. Pero nadie ha visto ningún coche, ni ningún registro que confirme su existencia.

Bess asintió tristemente.

—¡Qué pena! —dijo—. Ese coche parecía muy guapo.

—Bueno, aún no estoy del todo convencida —advirtió George—, pero supongo que no nos hará ningún daño buscar otros indicios. ¿Qué tienes en mente, Nancy?

—Quiero ir a casa de Simone —respondí—. Apenas tuve la oportunidad de hablar con René y con Thèo. Y estoy un poco preocupada por Jacques. Si de verdad alguien está tratando de implicarlo, puede estar en peligro. Sobre todo si ese alguien está relacionado con mi caída.

—¿Qué quieres decir? —preguntó Bess, mirándome con preocupación.

Recuperé mi última conversación con Jacques y anuncié a mis amigas:

—Entre las penumbras del patio del señor Geffington se movía una figura. Por eso corrí hacia allí, porque pensé que podría ser el chafacalabacines. Jacques me comentó que él también la había visto, pero, ¿y si la figura tenía algo que ver con el huevo robado? ¿Salió alguien más de la sala desde que yo salí a hablar con Jacques y hasta el momento en que él volvió a entrar después de mi caída?

—No lo sé —dijo George—. Yo estaba en el baño en ese momento y, al volver, me paré a leer la historia familiar que tienen enmarcada en la pared del pasillo.

—Yo tampoco estoy segura —confesó Bess—. Por la única que puedo hablar es por Simone. Creo que fue más o menos cuando yo la estaba ayudando a cortar el pastel en la cocina.

Tomé nota mental de la coartada válida de Simone. Entonces me mordí el labio, deseando poder tener a Ned allí. Seguramente él podría decirme si alguno de los otros chicos había salido de la sala en ese momento. Pero no quería esperar hasta que Ned volviera a casa. Ahora que me había dado cuenta de que podía haber alguien intentando inculpar a Jacques, estaba preocupada por él.

—Creo que lo mejor será ir a casa de Simone —dije—. Quiero hablar primero con Jacques y, después, si puedo, quiero sacar algo más de información a los demás.

Bess parecía preocupada.

—¿Estás segura que te sientes con fuerzas? —me preguntó—. Aún estás pálida.

—Estoy bien —afirmé—. Es un pequeño paseo, y me irá bien el aire fresco.

Bess y George parecieron convencidas de eso. Intenté no pensar qué hubieran dicho Hannah o mi padre si hubieran estado allí.

Salimos a la calle y pronto estuvimos cerca de la casa de Simone. Cuando pasamos por el patio del señor Geffington, eché un vistazo curioso a los arbustos del huerto donde había visto la figura. Eran frondosos, pero no muy altos, como mucho debían de medir un metro veinte. ¿Pudo alguno de los franceses haberse agachado lo suficiente para correr entre los arbustos sin que le sobresaliera la cabeza por encima? Realmente, sería una postura muy incómoda.

Estaba a punto de pedir a George que bajara hasta allí y lo probara, para ver el efecto, pero justo entonces, Bess soltó un grito sofocado, señalando hacia delante.

—Mirad —gritó—. En la escalera. ¿No es Jacques? ¡Oh, no!

Me giré inmediatamente para mirar el punto que señalaba Bess. Había una escalera larga apoyada contra la parte trasera de la casa de Simone. La vimos pegada contra la pared, sobresaliendo por encima del tejado. Jacques colgaba del último peldaño. Llegué justo a tiempo para ver que la escalera se balanceaba hacia un lado, se volvía a tambalear hacia atrás y, finalmente, desaparecía de nuestra vista, estampándose contra el suelo.

11

ACCIDENTES Y RESPUESTAS

Mis amigas y yo rodeamos la casa corriendo hasta el patio de atrás. Pierre estaba inclinado sobre el cuerpo inmóvil de Jacques. La escalera estaba tendida en el suelo.

—¡Llamad a una ambulancia! —grité, y Bess salió disparada hacia la casa.

—No, no se puede entrar —gritó Pierre al ver hacia dónde iba—. Nos hemos quedado fuera, sin poder entrar. Por eso hemos sacado la escalera.

George y yo nos detuvimos, casi derrapando, al lado de Pierre.

—¿Qué ha pasado? —gritó George, mirando fijamente a Jacques—. ¿Está bien?

—No lo sé —exclamó Pierre con la voz temblorosa—. Estábamos trabajando en el patio y se nos cerró la puerta accidentalmente. No estábamos seguros de si Simone y los demás iban a volver, así que Jacques se ofreció a subir hasta una de las ventanas del segundo piso. Ha empezado a subir cuando yo todavía estaba podando las parras del huerto, de espaldas a él. Entonces le he escuchado gritar y me he girado justo a tiempo para ver cómo se caía.

Justo entonces Jacques se agitó y lanzó un gruñido.

—Tranquilo —le dije con dulzura, arrodillándome a su lado—. Quédate tumbado, ¿vale? Enseguida vendrán a ayudarte.

Bess se acercaba corriendo.

—¿Qué hacemos? —preguntó, ansiosa—. Ojalá llevara el móvil encima.

—No pasa nada. —Me puse de pie de un salto—. Cruzaré la calle. La señora Zucker trabaja en casa durante el día. Vosotras quedaos aquí con él, y no dejéis que se mueva.

Sin esperar respuesta, bordeé la casa a toda prisa. A esas horas del día no había tráfico en la calle, así que crucé corriendo, sin detenerme para nada, hacia la casa de los Zucker, unos números más abajo. Todas las demás casas de la manzana parecían tranquilas y vacías. A esa hora, muchos estaban todavía en el trabajo.

El pequeño Owen Zucker agitaba su bate de béisbol en el caminito de entrada.

—¡Nancy! —exclamó al verme—. ¿Quieres jugar conmigo?

Me detuve ante él, jadeando. La carrera me había agotado más de lo que esperaba. La parte dolorida de mi cabeza había empezado a palpitar de nuevo.

—Lo siento, Owen, ahora mismo no puedo —resollé, inclinándome para apoyar las manos en las rodillas—. ¿Puedes correr a buscar a tu madre? Dile que es una emergencia.

Los ojos de Owen se abrieron como platos.

—Vale —dijo—. Toma, aguanta esto.

Me puso el bate en las manos y salió corriendo hacia

la puerta. Yo agradecí poder apoyarme en el bate, ignorando el mango pegajoso, y traté de recuperar el aliento mientras esperaba a la señora Zucker.

Casi una hora más tarde, estaba sentada en el porche de Simone con Bess y George. Pierre se había ido con Jacques en la ambulancia, y prometió que nos llamaría en cuanto tuviera noticias. Bess había vuelto corriendo hasta mi casa para coger el móvil que llevaba en el coche y no perderse la llamada.

Simone todavía estaba comprando, pero René y Thèo habían llegado a los pocos minutos de salir la ambulancia. Cuando les contamos lo ocurrido, se quedaron un rato con nosotras, pero ambos estaban demasiado distraídos y preocupados como para quedarse sentados sin hacer nada. Al final, entraron en la casa para traer algo fresco para beber. Mientras los esperábamos, mis amigas y yo comentamos el caso.

—Bueno —empezó Bess, mirando a su prima—. Supongo que esto significa que Nancy tiene razón. Puede que estén intentando tender una trampa a Jacques.

George se encogió de hombros.

—Puede que sí —admitió—. Pero, pensándolo bien, para un ladrón inteligente, éste sería un buen modo de desviarnos de la pista.

Bess echó un bufido.

—Sí, claro —dijo—, tirándose de una escalera, ¿no? A mí no me parece muy inteligente.

Yo sonreí levemente por su respuesta, pero mi mente iba a mil por hora. Bess tenía razón: era una pieza más del rompecabezas. Pero, ¿cómo iba a probar que Jacques no había robado el huevo? Y lo más importante: ¿cómo iba a descubrir quién lo había robado?

Tamborileando con los dedos sobre el brazo de mi silla de mimbre, ignoré la ligera punzada de dolor que me azotó la cabeza al concentrarme.

—Me parece que hay algo... —susurré, más para mí que para ellas—. Alguna pista, alguna información que no recuerdo...

—¡Eh! —George interrumpió mi cadena de pensamiento—. Mira. Ahí viene el señor Geffington. Me pregunto si se habrá enterado de toda la movida.

Levanté la vista. Era verdad, el señor Geffington estaba bajando por las escaleras del patio de Simone.

—¡Nancy Drew! —exclamó mientras corría hacia el porche—. Me han dicho que la otra noche tuviste un pequeño accidente delante de mi casa. Espero que estés bien.

—Estoy bien —dije—. Siento no haberme podido centrar en el caso de sus calabacines.

—Lo entiendo perfectamente. De todos modos, sigo pensando que es Safer el que está detrás de ambos incidentes. Ya se sabe que a esta clase de gente le corroe la envidia —dijo, frunciendo el ceño en dirección a la casa de su otro vecino.

Parpadeé, reparando en lo que el hombre acababa de decir.

—¿Ha dicho "ambos incidentes"? ¿Quiere decir que ha pasado algo más en su huerto, además del desastre que le hicieron el martes por la noche?

—Pues, en realidad, sí —respondió el señor Geffington—. Sembré unas cuantas plantas nuevas después del primer incidente. Iban muy bien, crecían rápido y empezaban a salir calabacines. ¡Pero el canalla volvió a actuar! El domingo por la mañana tuve que limpiar los restos que había dejado en las escaleras de acceso a la calle. —Cerró los puños, malhumorado—. Seguro que pisoteó todas las plantas y se limpió los pies antes de salir para reírse de mí.

Algo encajó en mi cabeza.

—¿El domingo por la mañana? —repetí—. ¿Encontró restos de calabacines en sus escaleras el domingo por la mañana? ¿En los escalones que bajan de la calle al caminito?

—Pues claro —repuso el señor Geffington, algo irritado—. No creerás que el vándalo de los calabacines entró en mi casa y me llenó las escaleras de calabacines resbaladizos y viscosos, ¿no?

Bess se rió entre dientes, pero se tapó la boca con la mano. Mientras tanto, yo por fin estaba atando cabos. Calabacines resbaladizos y viscosos. En los escalones de piedra. Si el señor Geffington los había descubierto ahí el domingo por la mañana, significaba que el vándalo de las verduras seguramente había atacado el...

—Sábado por la noche —dije en voz alta—. Justo para conseguir que yo resbalara por las escaleras.

Al oírme, George me lanzó una mirada de sorpresa.

—Espera —dijo—. ¿Estás diciendo lo que yo creo que estás diciendo?

Asentí.

—Jacques no tiene nada que ver con mi caída —afirmé—. Ni nadie que pueda estar relacionado con el robo del huevo. Simplemente resbalé con...

—¡Los calabacines! —exclamamos las tres a la vez.

El señor Geffington parecía confuso.

—¿Qué? —preguntó—. ¿De qué estáis hablando? ¿Quién es Jacques y qué tienen que ver los huevos con todo esto?

—Bueno, es una larga historia... —empecé a decir.

Justo entonces se abrió la puerta principal y René y Thèo salieron al porche. Thèo traía con mucho cuidado una bandeja llena de vasos y René llevaba una jarra, que parecía de limonada.

—¿Alguna noticia? —preguntó Thèo enseguida, mirando el móvil de Bess.

Bess sacudió la cabeza.

—Todavía no —aclaró a los chicos.

Les presenté al señor Geffington, que charló cortésmente con ellos un momento y luego se excusó.

—Si quiero tener calabacines este verano, más vale que vuelva al vivero —dijo, sacudiendo la cabeza, apesadumbrado, antes de marcharse precipitadamente.

Thèo parecía sorprendido.

—¿De qué iba todo esto? —preguntó—. ¿Calabacines? ¿Eso no es una verdura?

Estaba a punto de explicárselo cuando empezó a sonar una versión estridente de la banda sonora de *La guerra de las galaxias*. Bess le lanzó a George una mirada asesina y pescó el teléfono que había dejado encima de la barandilla del porche.

—A ver si lo adivino... —dijo—. Has estado reprogramando el teléfono de nuevo.

George sonrió maliciosamente.

—Tú responde a la llamada —le dijo a su prima.

Bess dijo "hola" y luego escuchó. El resto esperamos ávidamente. Me llegaba al oído el suave murmullo de una voz al otro lado. Parecía Pierre, y se notaba muy exaltado. Pero no sabía si estaba exaltado para bien o para mal. Aguanté la respiración.

Por fin el bonito rostro de Bess dibujó una amplia sonrisa.

—¡Uf, qué alivio! —exclamó—. Gracias por avisar, Pierre. Enseguida se lo digo a los demás. Por favor, dale recuerdos a Jacques y dile que nos vemos pronto.

Al colgar el teléfono, nos sonrió.

—¿Y bien? —increpó George, impaciente.

—¿Está bien? —añadió René.

—Se pondrá bien —informó Bess—. Pierre dice que el doctor ha dicho que Jacques ha tenido mucha suerte. Está desorientado y magullado, pero no tiene nada serio. Seguramente lo dejarán salir en un par de horas.

—¡Oh, eso es genial! —exclamó Thèo.

—Sí —admitió Bess con una sonrisa—. Creo que para Pierre también ha sido un alivio. Casi gritaba por el teléfono.

Yo asentí. Por lo que sabía de él hasta entonces, Pierre parecía muy impulsivo y bastante histérico con todo en general. De hecho, mientras esperábamos la llegada de la ambulancia, después de la caída, parecía más preocupado por el accidente que el propio Jacques.

René empezó a echar la limonada de la jarra en los vasos que Thèo había dejado sobre la mesita de mimbre.

—Creo que esto merece un brindis —exclamó, tendiendo el primer vaso a Bess con una pequeña reverencia.

—Me parece buena... —Mi voz se desvaneció al divisar a quien se acercaba por la acera en dirección a la casa de Simone—. Oh, oh... —añadí con la boca pequeña.

Los demás siguieron mi mirada.

—¿Quién es? —preguntó Thèo—. Parece que viene hacia aquí.

—Es mi ama de llaves, Hannah Gruen —dije, tragando saliva. En ese preciso momento, Hannah me vio y frunció el ceño—. Y no creo que venga a por limonada.

Después de que Hannah me echara un buen rapapolvo por andar paseándome por ahí cuando se suponía que debía estar descansando, me pasé la siguiente hora en cama. Resulta que se había encontrado con la señora Zucker en la tienda y la mujer le había comentado lo que acababa de suceder en casa de Simone. Hannah había regresado a casa inmediatamente para venir a buscarme.

Aunque no podía culparla por preocuparse por mí, me llevé una desilusión por no poder hablar un poco más con René y Thèo. ¿Tenía alguno de ellos algún motivo para robar el huevo? No tenía ni idea.

Por suerte, Bess y George me prometieron volver a la carga. Antes de que Hannah se me llevara a rastras, mis amigas y yo habíamos conseguido mantener una breve conversación entre susurros. Tenían planeado quedarse en casa de Simone para descubrir lo que pudieran de los chicos franceses y luego vendrían a contármelo todo.

Pero que no pudiera estar allí para ayudarlas, no significaba que tuviera que dejar de pensar en el caso. No podía. Ahí estaba yo, tumbada en la cama, con la mirada fija en el techo, dando vueltas en mi cabeza a todos los hechos y especulaciones. Repasé todo lo que sabía de los implicados, los detalles del delito. Volví a sopesar los móviles. ¿Qué podía motivar que uno de los amigos de Simone robara un recuerdo de familia tan valioso y querido para ella?

Volví a pensar un momento en Jacques, que era tan pobre que ni siquiera podía permitirse el billete de avión para venir. Quizá me había equivocado con él. Al fin y al cabo, no lo conocía tan bien.

"¿Fue la tentación de ver el huevo allí expuesto un motivo suficiente?", me pregunté inquieta. Era una oportunidad de primera...

De repente me incorporé para sentarme en la cama. Me había dado cuenta de que había otra cosa que no había considerado. La respuesta encajó en mi cabeza justo cuando llamaron a la puerta. Ya lo tenía.

—¡Hola! —me saludó Bess, mientras ella y George entraban en la habitación—. Pareces contenta. ¿Eso significa que tu cabeza está mejor?

—Un poco sí —respondí sonriendo—. ¿Qué habéis descubierto?

George se dejó caer a los pies de la cama.

—No mucho —confesó—. Pero tenemos la confirmación de que Jacques no se puede pagar ni el autobús, o sea que ya ni te cuento un coche deportivo. A Thèo casi se le desencaja la mandíbula cuando le he dicho lo que Jacques te había contado.

—De todos modos —añadió Bess con aire resabiado—, también ha dicho que cuando a Jacques le gusta una chica, tiende a inventarse historias descabelladas para impresionarla. O sea que supongo que mi teoría era correcta.

George la mató con la mirada.

—Por cierto —dijo—, hablando de pasiones irresistibles, nos hubiera ayudado mucho que René no te hubiera estado mirando como un cordero degollado durante todo el tiempo que hemos dedicado a intentar sacarle información. —Se volvió hacia mí encogiendo los hombros—. No hemos conseguido que dijera nada con sentido.

—Da igual —le dije a George—. He estado toda la tarde pensando en el caso... y ya sé quién robó el huevo Fabergé.

12

UN SORBO DE AMISTAD

Bess y George se quedaron mirándome fijamente.

—¿Eh? —dijo George al fin.

Sonreí al ver sus caras de sorpresa.

—Resulta muy simple ahora que me he dado cuenta de que nos hemos pasado el tiempo preocupándonos por el móvil cuando deberíamos haber estado pensando en otra cosa —les expliqué—. La oportunidad.

—¿Qué quieres decir? —Bess parecía confusa—. ¿No tuvieron todos las mismas oportunidades? Quiero decir que todos estaban en la casa justo antes de que pasara, ¿no?

—Sí —respondí—. Vamos. Os lo explicaré de camino a casa de Simone. Quiero ir a comprobar un par de cosillas.

Bess pareció vacilar.

—¿Crees que Hannah te dejará salir?

Me encogí de hombros.

—Sólo hay una manera de saberlo.

Milagrosamente, pudimos convencer a Hannah. Me conoce lo suficiente para saber que cuando estoy sobre la pista de algún misterio, no puedo pensar en nada más hasta que lo resuelvo. Cuando le expliqué por qué quería ir a casa de Simone, se limitó a suspirar y me hizo un gesto para que me marchara.

—Pero intenta no golpearte la cabeza ni nada en el camino, ¿vale? —gritó tras de mí, mientras yo salía por la puerta con mis amigas.

—¡Te lo prometo! —grité yo por encima del hombro.

Thèo y René parecieron algo sorprendidos al vernos llegar de nuevo. Simone había regresado de comprar y los chicos le habían explicado lo que le había sucedido a Jacques. Pierre y Jacques estaban todavía en el hospital, pero habían llamado para decir que a Jacques ya le estaban dando el alta y que pronto estarían en casa.

Después de interesarnos por las últimas noticias sobre el estado de Jacques, que seguía siendo bueno, les pedí a Simone y a los demás que se sentaran un momento en la salita de estar.

—Creo que ya sé lo que ha pasado con el huevo Fabergé —le dije a Simone.

Ella soltó un grito sofocado y se le iluminaron los ojos.

—¿En serio? —exclamó—. ¿Qué, Nancy? Por favor, dime, ¿dónde está?

—Te lo diré enseguida —le prometí—. Antes de nada, necesito haceros un par de preguntas, chicos.

Empecé por explicarles que, por un momento, mis amigas y yo habíamos sospechado de Jacques.

—Pero sabía que Jacques no podía haber sido, al menos basándome en lo que vosotros nos contasteis el día que pasó todo —dije—. Porque, por lo que sé, antes de que desapareciera el huevo, él no se había quedado nunca solo en la casa. —Me giré hacia René y Thèo—. Vosotros dijisteis que llegasteis y que volvisteis a salir casi de inmediato. Lo único que hicisteis antes de volver a salir fue subir las bolsas al piso de arriba. Y los tres subisteis juntos, ¿verdad?

Thèo asintió y, algo confuso, dijo:

—Eso es.

—¿Subió Pierre con vosotros? —continué yo.

—No —respondió René—. Pierre nos señaló las escaleras y subimos los tres solos a buscar la habitación de invitados. Él se quedó abajo escribiendo una nota para Simone, avisándola de que salíamos un momento.

Asentí, sin atisbo de sorpresa.

—Eso significa que el único que estuvo solo abajo desde que Simone salió hasta que volvisteis todos y descubristeis que el huevo no estaba fue...

—¡Pierre! —acabó Simone por mí, boquiabierta y empalideciendo por momentos.

—Pero sólo estuvimos un momento arriba —exclamó René—. El tiempo justo para dejar las bolsas en la habitación de invitados e ir al baño.

—Tampoco requería demasiado tiempo —señalé, tras encogerme de hombros—. Estoy segura de que Pierre sabía exactamente dónde estaba la llave de la caja de cristal. No se puede decir que Simone la tuviera precisamente escondida. Lo único que tenía que hacer era abrir la caja, sacar el huevo y meterlo en algún sitio para recogerlo luego, y limpiar sus huellas dactilares.

Simone se levantó, con la cara deformada por una mueca.

—¿Me estás diciendo que fue Pierre el que robó el huevo? —exclamó—. Pero, ¿por qué?

Vacilé un poco.

—No estoy del todo segura —confesé—. Pero tengo una teoría.

Simone no esperó a escucharla. Salió corriendo de la sala y escuché sus pasos apresurados subiendo la escalera, y luego en el pasillo del piso superior. Volvió al cabo de unos instantes.

George soltó un grito sofocado y empezó a señalar el objeto que Simone llevaba entre las manos.

—¡El huevo! —gritó.

—Lo he encontrado en la bolsa de Pierre. —Simone sostenía la reliquia con manos temblorosas—. Aún no me lo puedo creer...

Justo entonces escuchamos cómo se abría la puerta principal. Al momento, entró Jacques. Llevaba unas cuantas vendas en los brazos y las piernas, y un arañazo enorme en la frente. Por lo demás, parecía encontrarse perfectamente.

—¡Hola a todos! —dijo—. Pierre está aparcando el coche. En el hospital me han dicho que seguramente sobreviviré y me dejaron marchar... —Su voz se quebró y tuvo que tragar saliva al ver que Simone tenía el huevo Fabergé en las manos—. Vaya —dijo—. ¿Dónde lo habéis encontrado?

—Creo que ya lo sabes —le dije con una mirada comprensiva—. Tú sabías que había sido Pierre, ¿verdad?

Jacques pareció un poco incómodo.

—¿Cómo lo has sabido? —dijo, dando un paso hacia mí—. Estaba casi convencido de que había sido él. Lo conozco lo suficiente para saber que no estaba actuando de forma normal. Pero no podía probarlo. No tuve la oportunidad de registrar su habitación; siempre lo tenía pegado. —Se encogió de hombros—. Después de la primera noche, ya no estaba seguro de que todavía lo tuviera, pero fui a comprobar todos los anticuarios locales y no vi ni rastro del huevo.

—¡Claro! —exclamó George—. Por eso el día que te estuvimos siguiendo entraste en todos esos anticuarios y similares.

Bess le dio un codazo.

—Querrás decir el día que fuimos de compras y nos tropezamos con él.

La sombra de una sonrisa asomó en el rostro serio de Jacques.

—No pasa nada —dijo a mis amigas—. Ya sabía que me estabais siguiendo. Pero tenía la esperanza de que fuera por el motivo que expuso *Mademoiselle* Bess: porque mis queridas señoritas norteamericanas estaban locamente enamoradas de mí.

Bess parecía avergonzada.

—Lo siento —se disculpó—. Intentábamos ayudar a Nancy.

Esta vez Jacques se rió sin tapujos, pero su expresión se volvió seria de nuevo para mirar a Simone.

—De todos modos —comentó—, enseguida me di cuenta de que un objeto así era demasiado valioso como para intentar venderlo en una ciudad pequeña como River Heights, así que deduje que, si lo había sustraído Pierre, el huevo aún estaría en la casa. Por eso hoy me he ofrecido voluntario para subir por la escalera. Pensé que así tendría finalmente la oportunidad de echar un vistazo a su habitación.

—Creo que Pierre cayó en eso cuando ya estabas arriba —opiné. Vacilé; no estaba segura de cómo iba a relatar lo siguiente: que estaba casi convencida de que la caída de Jacques no había sido accidental. Pierre debió de mover la escalera para que se cayera.

Al mirar a Simone a la cara me di cuenta de que ella también se lo estaba imaginando, o sea que no me molesté en explicitarlo. Me sentía fatal por ella. Había recuperado su reliquia, pero tenía que ser terrible para ella descubrir que el bandido era su propio sobrino.

Abrí la boca para decir algo que pudiera hacer que se sintiera mejor, pero justo entonces, entró Pierre en la sala. Se sorprendió mucho al vernos a todos reunidos.

Entonces vio el huevo y su rostro se volvió blanco como el papel.

—Hum... —exclamé, mirando la parrilla—. ¿Quedan más de esos calabacines a la brasa?

—Marchando —dijo con una sonrisa, mientras me acercaba la fuente de verduras troceadas que descansaba en la mesa de picnic de al lado.

—Gracias. —Eché un vistazo al ordenado patio trasero. Cuando Pierre se marchó, hacía ya unos días, Simone contrató a una empresa local de jardinería para que fuera a quitar los hierbajos y dejara el terreno como Dios manda. Ahora estaba genial. El huerto rebosaba de verduras y un jardín de rosas que antes había permanecido completamente oculto había regresado a la vida. Además de la barbacoa y la mesa de picnic, en la parte llana cubierta de césped, Simone tenía unas cuantas sillas y banquitos de madera. En aquel momento, la mayor parte de su mobiliario de jardín la ocupaban sus nuevos vecinos y amigos. Vi a Ned y a Hannah sentados con algunos vecinos, con el plato en equilibrio sobre la falda. Más atrás, cerca del muro que daba al río, estaba mi padre charlando con la señora Zucker y el pequeño Owen jugaba con una pelota de fútbol por allí. Y el señor Geffington y el señor Safer estaban hablando de pie al lado de las matas de calabacines del huerto.

George y Bess venían hacia la barbacoa.

—Esta barbacoa es genial, Simone —dijo George—. Si sigues dando fiestas como ésta, con tanta comida, ¡serás la más popular del vecindario!

—Gracias, George. —Simone sonrió—. Esta barbacoa es para daros las gracias a ti, a Bess y a Nancy por haberme ayudado con mi problemilla de la semana pasada —admitió mirándome—. Os estoy muy agradecida por todo lo que hicisteis para recuperar el huevo. Y por apoyarme después.

—Lo hice encantada —dije. Sabía que Simone aún se sentía muy mal por lo de Pierre. Después de que el muchacho confesara lo del huevo, Simone había llamado a su familia de Francia y, un par de horas más tarde, Pierre estaba en un avión de vuelta a casa, donde le esperaba un padre muy furioso. Simone había decidido no presentar cargos, aunque nos aseguró que, sin duda, su hermano mayor, el padre de Pierre, castigaría a su hijo nada más llegar a casa.

—Aún no puedo creer que Pierre pensara que el huevo era falso —comentó George, sirviéndose una seta a la brasa.

—Ahora que lo dices, no estoy segura de haber entendido esa parte —admitió Bess, asintiendo—. ¿Por qué quería robar un huevo Fabergé falso?

Simone suspiró mientras abanicaba la carne y las verduras que se estaban asando.

—Me parece que eso lo puedo explicar yo —dijo Simone—. Veréis, el padre de Pierre, André, es mi hermano mayor, mucho mayor que yo, claro. Yo soy la pequeña de la familia y me temo que mi padre siempre me mimó demasiado. Eso era motivo de enfado para mi hermano, que tampoco es que necesitara demasiadas excusas, porque tenía bastante mal carácter, como mi padre.

Asentí, tomando el relevo de la explicación.

—Recuerdo que una vez Simone mencionó algo por teléfono de que su padre y el padre de Pierre no se llevaban bien. Tenía pensado preguntarle por el tema, pero luego se me olvidó.

George hizo una mueca de sorpresa.

—¡Nancy Drew olvidándose de seguir una pista! —exclamó teatralmente.

Le saqué la lengua y continué:

—Sea como sea, yo ya había notado que Pierre es muy impulsivo e impetuoso. ¿Recordáis cómo saltó en la fiesta cuando pensó que yo estaba acusando a sus amigos?

George asintió, lamiéndose los dedos.

—Me imaginé que tendría mala conciencia o algo así.

—Puede que sí, pero sólo en parte —repliqué—. También demostró que no siempre piensa las cosas antes de hacerlas. Y eso precisamente es lo que pasó con el huevo. Oyó que Simone iba a tasar el huevo al lunes siguiente y aprovechó la primera oportunidad que tuvo para robarlo.

—Ya lo entiendo —dijo Bess—. Eso concuerda con lo que nos dijo Simone después de la confesión de Pierre, ¿verdad?

—Exacto —afirmé—. Simone nos había contado que su hermano siempre había esperado que su padre le legara algunos objetos valiosos de la familia, incluido el huevo.

—En serio, todo esto es una locura —dijo Simone, tras suspirar—. Cuando papá murió, hará unos diez años, ya me había regalado el huevo a mí, a su niña. Mi madre sabía que, aunque fuera demasiado orgulloso para admitirlo, André también lo quería. Por eso mandó hacer una réplica para él, para que los dos pudiéramos tener el huevo. —Sonrió con tristeza—. Creo que el pobre André se sentía tan mal por haberse enfrentado tanto a papá que, tras su muerte, jamás intentó reclamarme el huevo de verdad. Al contrario: guardó el falso como oro en paño, como un recuerdo de papá, y jamás le dijo a nadie que no era auténtico.

—¡Qué triste! —exclamó Bess—. Entonces, ¿quieres decir que durante toda su vida Pierre había creído que su padre tenía el huevo auténtico?

Simone asintió, mientras pinchaba un trozo de cebolla que crepitaba.

—De hecho, André le contó a Pierre que me había robado el huevo auténtico y lo había sustituido por una réplica que había mandado hacer. No sé por qué se inventó esa historia... Por orgullo, supongo. Y ese mismo orgullo hizo que Pierre me quitara el huevo. Pensó que, si evitaba la tasación, salvaría el buen nombre de su padre, porque pensó que si el tasador me decía que el huevo era falso, yo podría llegar a imaginarme lo que había sucedido. Estaba dispuesto a cargar el muerto a sus buenos amigos, incluso a llevar a Jacques al hospital, con tal de proteger la reputación de su padre. —Simone se encogió de hombros—. Supongo que no cayó en que yo ya lo había tasado antes, en París. O a lo mejor pensó que la tasación se había hecho antes de que su padre llevara a cabo el supuesto cambio. No lo sé. Supongo que algún día se lo preguntaré.

Asentí, pensativa. Había constatado que a menudo los motivos de la gente para cometer delitos o hacer cosas malas solían ser muy simples: deseaban dinero o venganza, o libertad, o algo igualmente básico. Pero en aquel caso, me di cuenta de que los móviles pueden ser también muy complejos. En aquel caso, no hubiera podido averiguar de ningún modo que Pierre era el ladrón con sólo posibles móviles... No sin el montón de información que poseía después de todo. Por suerte, había podido resolverlo añadiendo la oportunidad a mis consideraciones sobre el posible móvil.

—¿Y has hecho la tasación? —le preguntó George, llena de curiosidad.

Simone sonrió.

—Sí —dijo—. Y mi huevo definitivamente es el auténtico. ¡Ah!, y he comprado una caja de exposición a prueba de robo... ¡Por si acaso!

Bess se inclinó sobre la mesa de picnic.

—¡Bien hecho! —dijo—. Supongo que Jacques debe de estar muy enfadado con Pierre por todo esto, ¿no? Ya sabes... Primero intenta implicarlo y luego lo tira de la escalera...

—Sí, claro. —Simone parecía triste—. Es vergonzoso. Hace años que son amigos. Espero que puedan arreglar las cosas.

En ese momento vi que el señor Geffington y el señor

Safer venían hacia la barbacoa con sus platos de papel vacíos. Sonreí al verlos charlando.

"A pesar de todo, al menos una amistad parece haber sobrevivido a la semana pasada", pensé.

—Yo pondría más calabacines en la parrilla —le aconsejé a Simone, mientras los hombres se acercaban—. Probablemente el señor Geffington se comerá todos los que tengas, porque hasta que no crezcan las plantas de su jardín, no tendrá ni uno.

Bess se rió entre dientes.

—Como mínimo esta vez no tendrá que preocuparse por si se los pisotean, como ya has desenmascarado al culpable...

—Eso me recuerda una cosa —dijo Simone—. ¿Podéis vigilar un momento la barbacoa? Estoy guisando una cosa dentro que ya debe de estar lista.

Asentimos y, durante unos minutos, estuvimos ocupadas sirviendo al señor Geffington, al señor Safer y a unos cuantos más que se acercaron a la barbacoa.

Mientras abanicaba unas cuantas rodajas de calabacín, se me acercó el jefe McGinnis.

—Vaya, vaya, señorita Drew —me saludó con una sonrisa no demasiado cordial—. He estado hablando con tu padre. Dice que eres la responsable de la resolución de nuestro pequeño problema con los calabacines.

Ya sabía por qué el jefe de policía no estaba particularmente contento conmigo. No era sólo por haber resuelto el caso del huevo desaparecido antes de que sus agentes se hubieran puesto siquiera sobre la pista, sino que, además, había resuelto el caso de los calabacines delante de sus narices. Seguramente no le hubiera importado —puesto que, como mi padre, seguramente pensaría que todo aquello era demasiado ruido para tan pocas nueces—, si no hubiera sido porque el señor Geffington había hecho una larga y halagadora declaración sobre mí al periódico local sin mencionar en absoluto al departamento de policía.

Decidí que era un buen momento para ser amable. Al fin y al cabo, nunca se sabe cuándo se puede necesitar la ayuda del jefe de policía para otro caso, o sea que siempre he intentado estar a buenas con él.

—Sí, supongo que sí lo resolví —admití complacida—. Pero fue casi por accidente.

—Literalmente —me ayudó George—. Lo resolvió golpeándose la cabeza.

El jefe parecía algo confuso.

—Ya —dijo, aunque era obvio que no lo había entendido.

Bess se apiadó de él.

—Nancy resbaló en las escaleras del señor Geffington el sábado por la noche —explicó—. En ese momento, pensamos que el ladrón del huevo la había empujado o algo así, porque normalmente no es tan patosa. Pero al cabo de un par de días, el señor Geffington comentó que el chafacalabacines había vuelto a actuar la noche del sábado y que había tenido que limpiar el batiburrillo pegajoso y resbaladizo de calabacines que había dejado en los escalones.

—Por eso nos dimos cuenta de que, seguramente, Nancy había resbalado con el pringue —concluyó George.

El jefe seguía pareciendo perplejo.

—Sí, ya —empezó—. Pero...

Era evidente que todavía no entendía cómo había descubierto quién había chafado los calabacines.

—Después, até cabos —le dije—. Verá, cuando Jacques, el amigo de Simone, se cayó de la escalera, la casa estaba cerrada con llave, o sea que tuve que cruzar la calle para pedir ayuda. Sabía que la señora Zucker trabaja en casa, así que me fui directamente para allá. El pequeño Owen estaba en el caminito con su bate de béisbol y, cuando corrió a buscar a su madre, me lo dejó para que se lo aguantara. En ese momento no caí, pero después recordé que el mango estaba pegajoso y resbaladizo, tal como el señor Geffington había descrito sus escalones.

George se percató perfectamente de que el jefe aún no había visto la luz.

—Entonces se dio cuenta de que el bate de Owen era, por así decirlo, el arma del crimen. Y eso es todo.

Me sentía orgullosa de esa deducción, aunque me hubiera gustado resolver el caso antes. Sin embargo, con todo el lío del huevo desaparecido, no había duda de que el tema de los calabacines había pasado momentáneamente a un segundo plano. En cualquier caso, cuando me puse a pensar un poco más en el bate pegajoso, todo empezó a tomar sentido. El día que estuvimos en casa de la señora Mahoney, la señora Zucker comentó que Owen odiaba los calabacines y, cuando Ned y yo estuvimos en el restaurante de Susie Lin, Susie también mencionó que Owen y sus amigos habían estado haciendo comentarios sobre los buñuelos de calabacín de su menú. Y todo el mundo sabía que esa semana la señora Zucker había ido casa por casa recaudando dinero para la celebración del Día del Yunque. Mientras ella había estado en el interior de las casas con los vecinos, Owen se había quedado fuera machacando todos los ejemplares de su verdura más odiada con el bate. El señor Safer había mencionado incluso que había visto a madre e hijo la noche que se había perpetrado el ataque contra el huerto del señor Geffington.

Tras la deducción, trasladé mis sospechas a la señora Zucker, que vigiló a su hijo hasta que lo pilló in fraganti y confirmó mi teoría. Entonces, la señora Zucker se disculpó con el señor Geffington y con los demás vecinos que habían resultado afectados, el señor Geffington se disculpó también con el señor Safer, y al pequeño Owen lo castigaron retirándole todos los privilegios referentes a la tele y los postres durante un mes. Pero afortunadamente, los calabacines de Simone crecían con tanto entusiasmo que seguramente podría abastecer a todo el vecindario.

—Bueno, bien está lo que bien termina —dije en voz baja, mirando a Owen. El niño iba detrás de su madre, que se dirigía a la mesa de bebidas. Reparé en que no se despegaba de ella y supuse que tenía órdenes estrictas de no desaparecer de su vista.

Bess sonrió.

—Ahora que sabemos lo que pasó, resulta divertido.

—Mmm... Sí, supongo que sí. —El jefe McGinnis no parecía demasiado divertido—. Bueno, espero que el muchacho haya aprendido la lección.

—Estoy segura de que sí —dije educadamente, aguantándome la risa hasta que el jefe se hubo alejado.

Unos minutos después, cuando mis amigas y yo estábamos charlando con la señora Zucker, vimos que Simone salía de la casa. Llevaba una bandeja enorme de tortitas de un color beige verdoso.

—Eso son... —empezó Bess, mientras Simone dejaba la bandeja en la mesa de picnic.

—Sí —la cortó Simone guiñándole el ojo antes de que acabara la frase—. Susie Lin me dio la receta. —Se aclaró la garganta—. ¿Quieres, Owen? —preguntó—. Me parece que te encantarán.

La señora Zucker miró la bandeja y se rió entre dientes, pero no dijo nada cuando Simone puso un buñuelo de calabacín en el plato del niño.

—Toma —le dijo—. Pruébalo, ¡te gustará!

Owen aceptó el plato y miró el buñuelo con la mosca detrás de la oreja.

—¿Qué es? —preguntó.

—Tortitas de patata —respondió George—. ¿Verdad, chicas?

Simone asintió, sonriendo, y el resto nos apresuramos a asentir también. Owen miró a su madre.

—Vamos, pruébalo —lo animó—. A ti te gustan las patatas, ¿recuerdas?

Owen se llevó el buñuelo a la boca escrupulosamente. Dio un mordisquito y lo masticó a conciencia. Luego el bocado fue más grande.

—Hum... —murmuró con la boca llena—. ¡Me gustan las patatas! ¿Me da otro, por favor?

Estoy casi segura de que Owen no tenía ni idea de por qué los mayores nos echamos a reír de repente. Pero supongo que, mientras estaba engullendo buñuelos de calabacín, tampoco le importaba demasiado.